이어달리기

이민우 희곡집

이어달리기

초판 인쇄 2025년 1월 10일
초판 발행 2025년 1월 15일

지은이 이민우
발행인 이노나
펴낸곳 산사나무
주소 서울특별시 종로구 창덕궁길 146-1, 302호
전화 010-8208-6513
이메일 sansanamu22@hanmail.net
출판등록 제2022-000122호

저자와 협의, 인지는 생략합니다.
잘못된 책은 바꿔 드립니다.

이 도서는 2024년 문화체육관광부의 '중소출판사 성장부문 제작 지원'
사업의 지원을 받아 제작되었습니다.

ISBN 979-11-989899-0-1 03810

값 15,000원

이민우 희곡집

이어달리기

산사나무

| 작가의 말 |

욕망 못지않게 인간을 움직이게 하는 것은 '두려움'이 아닐까 싶습니다.
인간 행동의 원인으로써, 수단으로써, 또한 부산물로써 '두려움'은
고통과 갈등을 겪고 있는 인간과 인간 사회를 이해하는 일종의 '바로미터'입니다.
그리고 그 '두려움'을 측정하는 도구들 중 하나가 연극일 것입니다.

부족하게나마 '두려움'을 다룬 희곡들을 통해 오늘날 인간 사회에 관해
보다 다양한 접근을 해 보고자 했습니다.
우리 행동의 원인이자 수단이면서 부산물로 계속해서 우리에게 영향을 미치는
두려움!
인간의 역사는 어쩌면 그 계속되는 두려움의 '이어달리기'일지도 모릅니다.

〈숲을 지키는 사람들〉을 통해 인간이 경험하는 가장 근원적인 공포와 고통을,
〈중국인 구별하는 법〉을 통해서는 고정관념과 편견으로 생겨난
두려움과 그로 인해 탄생한 갈등을,
〈보스〉는 다른 시간대, 다른 나라를 배경으로
이러한 두려움이 단순히 현재나 특정 사회에 국한되지 않는다는 보편성을,
〈이어달리기 혹은 릴레이〉에서는 사람들의 고민과 쉽게 해결되지 않을 과제들에
대해 같이 생각해 볼 화두를 던지려 노력하였습니다.

부디 재미있는 관람되시기 바랍니다.

강명화 선생님, 이노나 선생님, 이승철 선생님.
선생님들과 매달 가지는 합평의 시간은 너무나 값지고 귀합니다. 그리고 이렇게
그 결과물이 나왔습니다. 모두 다 선생님들의 관심과 이끌어 주심 덕분입니다!
감사합니다!

저를 연극의 길로 인도해 준 집사람과 사랑하는 딸, 이우리 양.
그리고 부족함 많은 저를 항상 보듬어 주시는 부모님과 장모님께도
새삼 고마움의 인사를 올립니다.

마지막으로,
이 책이 나오기까지 여러 수고를 아끼지 않아 주신 이노나 산사나무 대표님과 관
계자 여러분들 그리고 말없이 지금도 저를 응원해 주고 계시는 많은 분들에게 고
개 숙여 감사의 인사를 올립니다!

모두 건강하십시오!
　　　　　　　　2024년 가을에서 겨울로 '이어 달리기'가 진행되는 중에.
　　　　　　　　　　　　　　　　　　　　이민우 드림

| 차례 |

작가의 말 ⋯ 4

숲을 지키는 사람들 ⋯ 7

중국인 구별하는 법 ⋯ 77

보스 ⋯ 149

이이달리기 혹은 릴레이 ⋯ 213

숲을 지키는 사람들

[배경]

숲속

숲을 드나드는 길목에서

[등장인물]

젊은 남자

늙은 여자

젊은 여자

늙은 남자

[무대]

무대 가운데, 관객석에서 무대 뒤쪽을 향해 작은 길이 나 있다.

숲 너머로 향하는 무대 뒤쪽은 매우 어두워 아무것도 보이지 않는다.

관객석 쪽 무대 앞으로는 수풀이 무성하고

보초를 서는 이들을 위한 작은 간이의자가 두 개 놓여 있다.

1막

1장

초저녁

바짝 군기가 든 채, 정자세로 반듯하게 어깨총을 하며 보초를 서고 있는 젊은 남자

그 옆으로 의자에 비스듬히 앉아 막대기를 무릎 위에 올린 채 자고 있는

늙은 남자, 총은 바닥에 내려놓은 상태다.

숲 너머에서 무언가 바스락거리는 소리가 들린다.

깜짝 놀라며 숲 너머 어둠을 응시하는 젊은 남자

다시 한 번 숲 너머에서 바스락거리는 소리가 들린다.

젊은 남자	아저씨.
	(늙은 남자가 아무 반응이 없자) 아저씨?
늙은 남자	(여전히 눈을 감은 채) 대장님이라고 불러라. 나는 여기 대장이라고.
젊은 남자	대장님.
늙은 남자	왜?
젊은 남자	빨리 좀 일어나 보세요.

늙은 남자	젠장− 한창 좋은 꿈을 꾸고 있었는데.
젊은 남자	저 무서워요.
늙은 남자	(귀찮은 듯이) 뭐가?
젊은 남자	숲에서 무슨 소리가 들려요.
늙은 남자	당연하지. 숲이니까.
젊은 남자	빨리요. 저 무섭다고요.
늙은 남자	(그제야 체념하듯 눈을 뜨고) 대체 세상은 언제 나를 내버려 둘까?
	(고개를 돌려 숲 너머를 바라본 후 다시 젊은 남자에게 고개를 돌리며)
	아무것도 없는데?
젊은 남자	분명 무슨 소리가 났어요.
늙은 남자	(어린아이를 달래듯) 알았어. 알았어.
	하지만 지금 뭐가 보여? 안 보이지? 아무것도 없잖아.
	겁먹지 마. 아무것도 없으니 아무 일도 없을 거야.
젊은 남자	지금은 그렇지만−
	나중에 갑자기 뭐라도 나타나면 어떡해요?
늙은 남자	왜 눈에 보이지도 않는 걸 걱정해서
	쓸데없이 너 스스로를 괴롭히냐?!
	(다시 눈을 감으며) 나 다시 잔다. 조금 이따 깨워.
젊은 남자	조금 이따 언제요?
늙은 남자	몰라. 네가 알아서 해.
젊은 남자	아저씨는 안 무서워요?
늙은 남자	(무릎 위 막대기를 손에 쥐고는 한 번 휘두르며) 대장님!

젊은 남자	대장님은 안 무서워요?
	적이 나타나면 어떡해요?
늙은 남자	적? 여기에?
	(눈을 뜨고 다시 숲길 너머를 바라보며) 어디?
젊은 남자	모, 모르죠.
	하지만 밖에는 분명 있잖아요. 나쁜 놈들이.
늙은 남자	너 완전 겁쟁이구나!
젊은 남자	그게 진짜예요? 우리와 싸우는 저 밖에 있는 적들─
	쥐도 새도 모르게 몰래 뒤로 다가와서는 목을 따 버린다면서요?
	그, 그런 얘기도 들었어요.
	아예 납치를 해서는 며칠 동안 가지고 논 다음에 살아있는 상태로 팔
	다리를 톱으로 썰고 그걸 요리해서 억지로 먹인다고요.
늙은 남자	세상에─ 대체 그딴 걸 다 누구한테서 들은 거냐?
젊은 남자	엄마한테서요.
늙은 남자	너희 어머니?
	(고개를 절레절레 흔든 후) 걱정하지 마. 그럴 일 없어.
젊은 남자	진짜죠? 믿어도 되죠?!
늙은 남자	나를 믿는 게 아니고 너 스스로 믿어야지.
	(사이)
	도대체 너 몇 살이냐? 여자랑 자 본 적은 있냐?
젊은 남자	아뇨.
	아직 엄마한테 허락을 안 받았어요.

늙은 남자	(몸을 틀어 젊은 남자에게 등을 보이며) 가서 엄마젖이나 더 먹고 와야겠다.
	(다시 눈을 감고 잠을 청하며) 배고프냐? 배고프면 내 초콜릿 먹어라.
젊은 남자	안 먹어요.
늙은 남자	나는 생각 없으니까 너 다 먹어.
젊은 남자	저 초콜릿 별로 안 좋아해요.
늙은 남자	괜찮으니까 먹어. 어린 애들은 초콜릿 좋아하잖아.
젊은 남자	지금 제가 어리다고 무시하는 거죠?
늙은 남자	(잠을 설치듯 몸을 이리저리 비틀며) 몰라—
	시끄럽게 하지 말고 보초나 잘 서.
젊은 남자	저를 얕잡아 보지 마세요.
	(늙은 남자가 아무 말도 없자) 저는 이 숲을 지키려고 여기 왔어요.
	이 숲을 지키고 있다고요.
늙은 남자	술이라도 있으면 딱 좋겠네. 술은 왜 보급이 안 되는 거야?
	젠장— 햄이라도 좀 아껴먹을걸.
	다음엔 바로 먹지 말고 아껴먹어야지.
젊은 남자	제 얘기 듣고 있어요? 저를 무시하지 말라고요.
	(여전히 늙은 남자가 아무런 반응을 보이지 않자)
	아저씨보단 제가 훨씬 나아요!
늙은 남자	(무릎 위 막대기를 손에 쥐고는 한 번 휘두르며) 대장님!
젊은 남자	저는 대장님처럼 보초 서는 임무를 소홀히 하고 있지 않거든요?
	나이만 좀 많으면 뭐해요! 무책임하고 자기만 생각하는
	이기적인 인간은 이 숲에 전혀 도움이 안 된다고요!

(그럼에도 늙은 남자가 그 어떤 미동도 하지 않자) **나야말로**

이 숲을 진정으로 사랑한다고요!

늙은 남자   (마지못해) 그래, 알았다. 너는 이 숲을 참으로 사랑하는구나.

그래서 세금은 꼬박꼬박 잘 내고 있냐?

젊은 남자   세, 세금이오?

늙은 남자   (눈을 감은 채 다리를 떨며) 네가 그렇게 사랑하는 이 숲에 바칠 건

제대로 잘 바치고 있냐 이 말이야. 대가를 치루고 있냐고!

젊은 남자   (괜히 큰 소리로) 내가 아저씨보다 이 숲에 대해 더 많이 알걸요?

늙은 남자   (코웃음을 치며) 설마ㅡ

젊은 남자   확신할 수 있어요!

늙은 남자   확신이라?

그것ㅡ 참ㅡ 세상에서 가장 위험한 말이군.

젊은 남자   저는 이 숲을 사랑해요! 나보다 더 이 숲을 사랑할 수는 없을걸요?!

늙은 남자   (살며시 눈을 뜨고 허공을 바라보며) 숲 때문에 사람이 맛이 가는 건지,

아니면 원래 이 숲이 이상한 건지ㅡ 이제는 진짜 모르겠다.

젊은 남자   보초나 제대로 서라고요!

(어두운 숲 너머를 가리키며) 적이 앞에 있어요. 어쩌면 지금

코앞까지 왔을 수도 있다고요!

늙은 남자   너는 너 혼자만 이 숲을 사랑한다고 생각하는구나.

(자세를 고쳐 젊은 남자를 똑바로 바라보며) 좋아ㅡ

그렇다면 하나만 물어보자.

그래서 지금 우리의 적이 누군데? 대체 적은 누구고

지금 어디 있는데?!

젊은 남자   그것도 몰라요?!

늙은 남자   그래! 모르니까 묻잖아! 누구야? 지금 어디 있어?

(젊은 남자가 손가락으로 숲 너머를 가리키자) **없잖아.**

젊은 남자   아니에요. 있어요.

늙은 남자   어떻게 알아?

젊은 남자   그, 그러면 아저씨는 지금 여기 왜 있는데요?

늙은 남자   일이니까.

젊은 남자   그냥 일이니까 있다고요?

늙은 남자   징집되어서 끌려온 너랑 달리 나는 직업군인이야.

돈을 받으니까 하는 것뿐이지.

젊은 남자   군인이라면서 그렇게 말해도 돼요?

늙은 남자   왜? 안 돼?

젊은 남자   이 숲을 지키는 일을 하잖아요.

늙은 남자   그래서?

젊은 남자   사명감을 가져야죠.

늙은 남자   무슨 사명감?

젊은 남자   이 숲을 지킨다.

늙은 남자   그래서 지금 여기 있잖아.

젊은 남자   제대로 안 하고 있잖아요.

늙은 남자   그걸 네가 어떻게 알아?

네가 안다고 생각하는 건 숲이지 이 보초 서는 일이 아니잖아.

젊은 남자	말하지 않아도 어떻게 해야 하는지 잘 알아요.
	이제 막 태어난 아이도 보초를 설 때는 아저씨처럼 자는 게 아니라
	저처럼 바른 자세로 똑바로 서서 항상 긴장을 놓지 않아야 한다는 건
	다 안다고요.
늙은 남자	쉴 때는 쉬고 잘 때는 자야 하는 것도 알겠지.
	아이들은 하루 중에 자는 시간이 제일 많으니까.

이때, 숲 너머에서 다시 인기척이 들린다.
동시에 소리가 난 쪽을 바라보는 젊은 남자와 늙은 남자

젊은 남자	(두려움에 몸을 떨며) 누누, 누구냐!
	(사이)
	여보세요? 거, 거기 누구 있어요?!
늙은 남자	(어느새 한 손으로 바닥에 놓인 총을 쥐며) 곶감.
젊은 남자	곶감이요?
늙은 남자	암구호 몰라?
	잘난 척하지 말고 해야 할 거나 제대로 해.
	(머리를 절레절레 흔들며) 하여간 요즘 어린 것들은—
	(숲 너머를 향해 총을 겨누며) 곶감.
	(자리에서 일어나) 마지막이다. 대답하지 않으면 쏘겠다. 곶감.
젊은 남자	(대답 없이 또 바스락거리는 소리가 들리자) 왜 대답이 없죠?
늙은 남자	(어깨를 으쓱하며) 설마 귀신인가?

젊은 남자	귀신이요?!
	(소리가 또 들리자 혼비백산하며) 귀, 귀신이다! 귀신이야!
늙은 남자	진정해. 귀신 아니야.
젊은 남자	엄마! 귀신이야!
늙은 남자	목소리 낮춰. 귀신같은 건 없다고.
젊은 남자	(손가락으로 숲 너머를 마구 가리키며) 저기 있잖아요! 저기!
	엄마! 귀신이야! 살려줘!
늙은 남자	곶감.
	진짜 마지막이다. 대답하지 않으면 정말로 쏜다!
젊은 여자	(목소리만) 호랑이.
	(무대 위로 서서히 얼굴을 드러내며) 쏘지 말아요.
젊은 남자	처, 처녀 귀신이다!
늙은 남자	(젊은 여자가 자신을 쳐다보자 어깨를 으쓱하며) 그냥 어린 애예요.

늙은 남자에게 손을 내미는 젊은 여자
순간, 무슨 뜻인지 알아듣고는 젊은 여자에게 막대기를 건네는 늙은 남자
젊은 여자, 막대기로 젊은 남자가 서 있는 바로 앞 바닥을 마구 때린다.
깜짝 놀라는 젊은 남자

젊은 여자	(젊은 남자가 호들갑을 멈추고 자신을 빤히 쳐다보자) 다 끝난 건가?
늙은 남자	(여전히 총구는 젊은 여자를 향한 채) 누구쇼?
젊은 여자	(늙은 남자를 위아래로 훑어본 후) 아까 곶감이라고 했습니까?

늙은 남자	호랑이라고 답했죠?
젊은 여자	대체 언제 적 곶감입니까? 지난주 암구호를 여태 쓰다니?
	제대로 근무를 서고 있는 게 맞나요?
늙은 남자	오늘의 암구호는 뭔데요?
젊은 여자	치즈
늙은 남자	(잠시 뜸을 들인 후) 생쥐
젊은 여자	(메고 온 가방을 내려놓으며) 알고는 있군요.
늙은 남자	그냥 좀 게으를 뿐입니다.
젊은 여자	(다시 젊은 남자를 보며) 이 자는 상태가 왜 이렇죠?
늙은 남자	말했잖소. 그냥 애입니다. 그게 다요.
젊은 여자	정말 엉망이군—
늙은 남자	누군지는 모르겠지만 이쯤에서 자기소개를 해 줬으면 하는데요.
	암구호를 아는 거 보니 적은 아닌 것 같고.
젊은 남자	귀, 귀신은 아닌 거죠?
젊은 여자	나는 여기 초소에 새로 부임한 새 책임자입니다.
늙은 남자	새 책임자? 여기?
젊은 여자	(늙은 남자를 보며) 당신이 그동안 여기 책임자였습니까?
	흥— 수고했다는 말은 차마 못하겠군. 꼬락서니를 보아하니 말이야.
	(젊은 남자를 보며) 차렷!
	(젊은 남자가 가만히 있자) 이 녀석 보게! 차렷!

깜짝 놀라, 차렷 자세를 취하는 젊은 남자

젊은 여자	경례!
젊은 남자	(젊은 여자를 향해) **충성!**

다소 어두워진다.

2장

깊은 저녁

반듯한 차렷 자세로 숲 너머를 바라보며 보초를 서고 있는 젊은 남자

가방에서 보급품을 하나씩 꺼내는 젊은 여자, 한 손에는 여전히 막대기를 들고 있다.

늙은 남자	나는 그러면 어디로 가는 거요?

가방에서 서류 하나를 꺼내 늙은 남자에게 건네는 젊은 여자

늙은 남자	(서류를 읽더니) 전방? 전쟁터 말이오?
젊은 여자	그렇게 써 있나요? 나도 몰랐네요.

늙은 남자	빌어먹을— 대체 갑자기 왜 여기 책임자를 바꾼다는 거요?
젊은 여자	내가 어떻게 압니까?
늙은 남자	위에서는 뭐랍디까?
젊은 여자	나도 모르죠.
늙은 남자	내가 뭘 잘못했습니까?!
젊은 여자	글쎄요—
	뭐 잘못한 거 있습니까?
늙은 남자	흥— 위에 양반들이 말도 안 되는 정치질을 또 했나 보군—
	(사이)
	진짜 뭐 들은 거 없습니까?
젊은 여자	없습니다.
늙은 남자	조금만 더 있으면 제대인데 이게 대체 무슨!
젊은 여자	(늙은 남자 바로 앞으로 다가가) 브리핑을 받고 싶습니다.
늙은 남자	뭐요? 브리핑?
젊은 여자	이제부터 내가 여기 새 책임자인데 당연히 그동안 이 초소가 어땠는지 브리핑을 받아야지요. 안 그렇습니까?
늙은 남자	여, 여긴 아, 아무것도 없습니다.
젊은 여자	아무것도 없다뇨?
	그동안 아무 일도 없었다는 겁니까?
	(늙은 남자가 귀찮다는 듯이 대충 대답하자) 단 한 번도 이상한 일이 없었다는 겁니까? 적의 등장도? 수상한 자의 출현도? 그 어떠한 이상 징후도 없었다는 거요? 단 한 번도? 아주 작은 것도?

늙은 남자	하나도요.
젊은 여자	확신할 수 있습니까?
늙은 남자	확신?
	그건 내가 좋아하는 단어가 아니오.
젊은 여자	제대로 보초를 선 것 맞습니까?
늙은 남자	(젊은 남자를 가리키며) 저 친구한테 물어보시죠.
	나는 이제 더 이상 여기에 볼 일이 없소.
젊은 여자	(젊은 남자를 보며) 병사.
	(젊은 남자가 자신을 쳐다보자) 정말로 여기에는 그동안 아무 일도 없었나?
젊은 남자	(숲 너머를 가리키며) 소, 소리가 들립니다.
젊은 여자	소리? 무슨 소리?
젊은 남자	잘 들어보십시오.
	(모두가 잠시 조용히 가만히 있는다) 들리십니까?
젊은 여자	무슨 소리? 안 들리는데.
젊은 남자	다시 들어보십시오.
	(다시 짧은 정적이 흐른다) 안 들리십니까?
늙은 남자	미친놈—
	저놈. 저거 겁만 많은 놈입니다. 그러니 그냥 무시해요.
	(젊은 여자에게 손을 내밀며) 나는 이제 명령대로 전방으로 가겠소.
젊은 여자	(늙은 남자가 손을 내민 의미를 알아채고는 막대기를 등 뒤로 숨기며)
	이제부터 내가 쓰도록 하지요.
늙은 남자	(계속 손을 내밀며) 진심이오?

젊은 여자	이제 여기 대장은 나니까요.
늙은 남자	(내민 손을 치우며) 알았소. 잘해 봐요.
	(젊은 남자에게 손을 흔들며) 나 간다. 겁쟁이 녀석아.
젊은 남자	어, 어디 가십니까?
늙은 남자	전방
젊은 남자	저, 전쟁터로 말입니까?
늙은 남자	사람이 부족한가 보지. 빌어먹을—
젊은 남자	아, 안 무서우십니까?
늙은 남자	무섭긴— 갑자기 변한 네 말투가 더 무섭다.
	(사이)
	내가 너 같은 겁쟁인 줄 알아?
	(젊은 여자를 한 번 보고는) 잘 해. 이상한 딴 마음 먹지 말고.
젊은 남자	그게 무슨 말입니까?
늙은 남자	겁먹지 말라고. 기억해.
	보이지 않는 걸 보인다고 겁먹지 말고
	일어나지도 않을 일로 미리 걱정하지도 말라고.

어깨에 총을 메고, 숲 너머로 사라지는 늙은 남자

젊은 여자	(젊은 남자에게 가까이 다가가) 자, 이제 우리 둘만 남았군.
	(젊은 남자가 차렷 자세를 취하자) 긴장하지 말고.
	(가방에서 꺼낸 보급품을 가리키며) 새로 가지고 온 보급품이다.

수량 파악하고 잘 챙기도록. 실시.

젊은 남자, 보급품을 하나씩 살피기 시작한다.

대신해서 숲 너머를 바라보며 막대기를 들고 보초를 서는 젊은 여자

젊은 남자	(고개를 갸웃하며) 이게 다입니까?
젊은 여자	왜? 부족한가?
젊은 남자	평소보다 적습니다.
젊은 여자	(바라보던 숲 너머에서 젊은 남자 쪽으로 고개를 돌리며) 적다고? 그럴 리가—
젊은 남자	혹시 보급량이 줄었습니까? 전방의 전투가 점점 치열해지고 있다고 듣기는 했습니다.
젊은 여자	(젊은 남자의 말을 끊으며) 아니! 보급량은 똑같다!
젊은 남자	(숲 너머를 보며) 갑자기 전방으로 가시게 된 걸 보면 아무래도 지금 전투가 치열해져서.
젊은 여자	(다시 젊은 남자의 말을 끊으며) 전투도 전투지만 무엇보다 우리의 숲을 지키는 게 가장 중요하다! 고로 이 숲을 지키는 보초들에게는 물품을 아끼지 않는다. 보급량은 이전과 똑같다. 앞으로도 변하지 않을 것이다.
젊은 남자	하지만 틀립니다. 바로 어제까지 받았던 것과 비교하면 적습니다.
젊은 여자	자네가 계산을 잘못한 거 아닌가?
젊은 남자	특식도 아예 없습니다.

젊은 여자	특식?
젊은 남자	햄 말입니다.
젊은 여자	햄?!
젊은 남자	(늙은 남자가 사라진 숲 너머를 가리키며) 술이 없다고 투덜대면서 늘 혼자 먹었습니다─
젊은 여자	(한숨을 길게 쉰 후) 자네. 하루에 사과를 몇 알 받았나?
젊은 남자	두 개였습니다.
젊은 여자	원래는 하나야. 옥수수는? 옥수수는 몇 개를 받았지?
젊은 남자	다섯 개 받았습니다.
젊은 여자	규정에는 세 개네. 우유는?
젊은 남자	역시 다섯 개 받았습니다.
젊은 여자	그것도 역시 세 개 받아야 하네. 초콜릿 바도 두 개가 아니라 그 이상을 받았나?
젊은 남자	초콜릿 바가 수량이 정해져 있습니까?
젊은 여자	그러면 그동안 대체 몇 개나 처먹은 건가?!
젊은 남자	그냥 먹고 싶은 만큼 먹었습니다.
젊은 여자	그동안 보급은 아까 그 사람이 했었나?
젊은 남자	(고개를 끄덕이며) 네. 그렇습니다.
젊은 여자	(고개를 가로저으며) 그동안 어땠는지 알겠군. 어땠는지 알겠어.

젊은 남자	제가 뭘 잘못한 겁니까?
젊은 여자	자네는 계속 여기에만 있었나?
젊은 남자	네.
젊은 여자	아까 그 사람이 계속 혼자서 보급품을 가져왔다는 거지?
젊은 남자	그렇습니다.
	그러면 그분이 잘못한 겁니까?
젊은 여자	아니네. 자네는 몰라도 되네.
젊은 남자	저도 알고 싶습니다.
젊은 여자	자네는 보초나 잘 서게. 그러면 되네.
젊은 남자	저도 알 권리가 있다고 생각합니다만.
젊은 여자	권리? 무슨 권리?
	자네가 내 상관인가? 아니면 나랑 같은 계급인가?
	(위협적으로 막대기를 휘두르며) 이리 와! 이리 오라고!
	(젊은 남자가 자기 옆으로 오자) 자네 할 일은 저 숲 너머에서
	적이 오는지 수상한 게 없는지 계속 지켜보는 거야. 알았나?
	자네 할 일이ㅏ해! 어서!
	(젊은 남자가 뭐라고 한마디를 하려 하자) 차렷!

순간, 차렷 자세를 취하는 젊은 남자

젊은 여자	여기는 군대야. 군대. 알았나?
젊은 남자	(기합이 바짝 들어간 목소리로) 네. 알겠습니다.

젊은 여자	(막대기를 휘두르며) 쉬어.
	자네는 이전처럼 그리고 계속 저 숲을 쳐다보도록.
	나는 본부에 보고서를 써서 보내야겠어.
	(사이)
	잘 지켜보게. 앞으로 내가 여기를 완전히 새롭게 뜯어고칠 거네.
젊은 남자	무, 무엇을 말입니까?
젊은 여자	전부다.
젊은 남자	(고개를 끄덕인 후) 한 가지만 여쭤 봐도 되겠습니까?
젊은 여자	주제 넘는 질문만 아니면 괜찮다.
젊은 남자	제가 지레 겁을 먹어서 그렇지―
	실제로 여기서는 그동안 아무 일도 일어나지 않았습니다.
젊은 여자	그래서 하고 싶은 말이 뭔가?
젊은 남자	굳이 새롭게 고치실 필요가.
젊은 여자	(젊은 남자의 말을 단박에 자르며) 정말 건방지기 짝이 없군!
젊은 남자	(고개를 푹 숙이고) 죄, 죄송합니다.
젊은 여자	자네
	(사이)
	이 숲에서 무슨 소리가 난다고 하지 않았나?
젊은 남자	하지만.
	걱정할 거 없다고―
젊은 여자	걱정할 게 없어? 왜?
젊은 남자	원래 숲은 뭐든 무슨 소리가 나는 곳 아닙니까?

저한테 이렇게 말했었습니다.

쓸데없이 겁먹지 말라고.

보이지 않는 걸 보인다고 겁먹지 말고

일어나지도 않을 일로 미리 걱정하지도 말라고 말입니다.

젊은 여자   틀린 말은 아니지.

하지만 말이지. 내가 만약 적이라면 어떡할 건가?

젊은 남자   네? 그게 무슨 말입니까?

젊은 여자   내가 지금 자네를 속이고 있는 거라면?

사실은 내가 자네의 적이고 적의 첩자라면 어떡할 건가?

젊은 남자   (깜짝 놀라며) 설마! 진짜입니까?!

젊은 여자   혹시 모르지! 자네 말대로 나는 사실 처녀 귀신일지도!

젊은 남자 가까이 다가가는 젊은 여자

바짝 긴장하는 젊은 남자

갑자기, '어흥—' 소리를 크게 내며 겁을 주는 젊은 여자

소스라치며 놀라는 젊은 남자

젊은 여자   (혼자 웃으며) 자네— 이렇게 보니까 꽤 귀여운데.

젊은 남자   (겨우 진정하며) 장난치지 마십시오. 진짜 무서워 죽는 줄 알았습니다.

젊은 여자   (젊은 남자의 어깨를 툭툭 치며) 진짜 겁이 많구만.

사내새끼가 뭘 이런 걸로 놀라고 그러나?

젊은 남자   아줌마도 똑같군요. 저를 놀리는 게.

젊은 여자	아줌마?
	(막대기를 위엄 있게 들어 보이며) **차렷!**
	(젊은 남자가 다시 차렷 자세를 취하자) **대장님**이라고 복창한다.
	실시.
젊은 남자	대장님!
젊은 여자	대장님 사랑합니다. 복창한다. 실시.
	(젊은 남자가 의아한 듯 자신을 쳐다보자) **실시!**
젊은 남자	대장님 사랑합니다!
젊은 여자	흥− 정말 걱정이 되는군. 이런 폐급이 숲을 지키는 병사라니.
	보초나 잘 서고 있도록. 알았나?
젊은 남자	네! 알겠습니다!

이때, 숲 너머에서 인기척이 들린다.

젊은 남자	(총을 겨누며) 누, 누구냐?
젊은 여자	암구호를 대.
젊은 남자	고, 고, 고, 곶감.
젊은 여자	치즈다. 이 멍청아.
젊은 남자	치, 치, 치, 즈

어떤 사람의 실루엣이 얼핏 보인다.

젊은 남자   (두 눈을 꼭 감은 채) **치즈. 치즈.**

                    (대답이 없자) **대답 안 하면 쏜다! 곶감! 곶감!**

모습을 드러내는 늙은 여자

늙은 여자   (장난치듯 사진 찍는 자세를 취하며) **치이ㅡ즈으ㅡ!**

젊은 남자   **귀신이다!**

눈을 감은 채, 소리를 지르며 늙은 여자에게 달려드는 젊은 남자

비명과 함께 바닥에 내동댕이쳐지는 늙은 여자

젊은 남자   (늙은 여자를 마구 때리며) **죽어라! 죽어! 죽어라!**

젊은 여자   (젊은 남자를 늙은 여자에게서 떼어놓으며) **그만둬! 그만!**

그제야 눈을 뜨는 젊은 남자, 아직 호흡이 거칠다.

신음을 내뱉으며 천천히 상체를 일으키는 늙은 여자

젊은 여자   **여자?**

젊은 남자   (총구를 겨누며) **누, 누구냐!**

늙은 여자   (말없이 한참 젊은 남자를 쳐다보더니) **아들?**

                    (사이)

                    아들!

(자리에서 벌떡 일어나) 아들! 내 아들! 내 아들이구나!

갑자기 그 자리에 주저앉아 흐느끼기 시작하는 늙은 여자

암전

늙은 여자의 흐느낌도 서서히 잦아든다.

2막

1장

어느새 밤

의자에 걸터앉아 허겁지겁 음식을 먹고 있는 늙은 여자

그 바로 옆 의자에 한 손에 막대기를 쥔 젊은 여자가 앉아 있다.

젊은 남자는 여전히 몸을 숲 너머로 향한 채 서 있다.

젊은 여자	(늙은 여자가 먹고 있던 것을 다 먹자) 더 드려요?
	(늙은 여자가 대답을 하지 않고 경계하듯이 자신을 쳐다보자)
	먹을 거 더 드릴까요? 더 드실 거냐고?
늙은 여자	너는 뭐야? 여자야?
젊은 여자	네. 여자예요. 왜요?
늙은 여자	여자가 왜 머리가 남자 같아? 왜 그렇게 머리가 짧아?
젊은 여자	이상해요? 마음에 안 들어요?
늙은 여자	흥─ 여자가 여자다워야지─ 말세야─ 아주 엉망진창이야─ 세상에나─
젊은 여자	(젊은 남자를 한 번 쳐다보고는) 그래도 이렇게 머리가 짧아도
	처녀 귀신이라고 예뻐하는 사람도 있어요.
늙은 여자	뭐?!
	(젊은 여자의 시선을 따라 젊은 남자를 한 번 보고는) 어딜!
	꼬리 치지 마! 우리 아들한테 꼬리 치지 말라고!
젊은 여자	어머니.
	(젊은 남자를 가리키며) 저 친구 어머니 되세요?
늙은 여자	친구? 누가 니 친구야? 너는 대체 뭐야? 남자야? 여자야? 응?!
젊은 여자	(젊은 남자가 고개를 가로젓자) 어머니. 어디서 오셨어요? 네?
늙은 여자	알아서 뭐하게?
젊은 여자	저희 군인들이에요. 이 숲을 지키는 군인들.
늙은 여자	군인?
젊은 여자	네. 그러니까 대답해 주세요.
	어디서 오셨어요? 숲 너머에서 오시는 거예요?

늙은 여자	숲 너머?
젊은 여자	숲 너머에서 지금 전쟁 중이라는 건 아시죠?
	전쟁터에서 오시는 거예요?
	가족은요? 가족은 없어요?
늙은 여자	모, 몰라―
젊은 여자	기억이 안 나세요?
늙은 여자	모른다고.
	(사이)
	배고파.
젊은 여자	먹을 거 더 드려요?
	아까 드린다고 할 때 말씀하시지.
	뭐 드려요? 뭐 드릴까?
늙은 여자	몰라.

젊은 남자를 보며 손짓을 하는 젊은 여자

바닥에 놓인 가방을 가지고 젊은 여자에게 다가가는 젊은 남자

젊은 여자	(가방 안을 펼쳐 늙은 여자에게 보여주며) 보이시죠?
	많으니까 이 중에서 드시고 싶으신 거 고르세요.
늙은 여자	(가방이 아닌 젊은 남자를 올려다보며) 잘생겼네. 우리 아들.
젊은 여자	(젊은 남자가 자신을 보고 한 번 더 고개를 가로젓자)
	빨리 고르세요. 드시고 다시 기억을 잘 떠올려보세요.

늙은 여자	우리 아들이 골라줘. 아들이 주는 거 먹고 싶어.

젊은 여자가 고개를 끄덕이자

가방 안에서 먹을 것을 하나 꺼내 늙은 여자에게 건네주는 젊은 남자

젊은 여자	자네는 계속 하던 일이나 하게.
늙은 여자	(젊은 남자가 자신에게서 멀어지자) 아들. 어디 가? 일루와.
	와서 같이 먹어.
젊은 여자	저 친구는 지금 일하는 중이에요.
늙은 여자	뭘 먹으면서 해야지.
젊은 여자	안 돼요. 어머니.
늙은 여자	와서 같이 먹자고 해. 그게 가족이지. 그게 식구야! 같이 밥을 먹어야!
젊은 여자	안 된다고요!
늙은 여자	(손에 든 먹을 것을 바닥에 내던지며) 니 년이 뭔데 이래라 저래라야?
	괘씸한 년!
젊은 여자	군인이요. 말씀드렸죠. 제가 어기 책임자예요.
늙은 여자	책임자?
젊은 여자	제가 여기 대장이라고요.
늙은 여자	대장?
	(숲 너머를 보며 서 있는 젊은 남자를 보며) 우리 아들이 대장이 아니고?
젊은 여자	어디 별나라에서 오셨나? 우리 어머니께서 왜 이러실까.
	어머니. 숲을 헤매느라 힘들고 지친 건 알겠는데

계속 이렇게 비협조적으로 나오면 저도 어쩔 수 없습니다.

늙은 여자   (젊은 여자를 위아래로 흘겨보며) 지금 날 협박하는 거야?

젊은 여자   협박은 아니고요. 다만 제가 군인이고 여기 대장이라는 거예요.

            (늙은 여자가 다시 젊은 남자를 쳐다보자) 아드님이 대장이 아니라

            제가 대장이라고요. 그러니 제 말을 잘 따라주셔야 어머니도 그렇고

            어머님 아들도 탈이 없겠죠?

늙은 여자   (다시 젊은 여자에게 고개를 돌리며) 우리 아들을 괴롭힐 건가?

젊은 여자   아니요.

            하지만 모르죠.

늙은 여자   흥― 못된 년 같으니―

            (바닥에 떨어진 먹을 것을 보더니) 먹을 것 좀 하나 더 주면 안 돼?

            배가 고파서 그래.

젊은 여자   이번에는 꼭 드셔야 해요.

            (늙은 여자가 알겠다며 고개를 끄덕이자 다시 가방을 열어 보인다.)

늙은 여자   (먹을 것을 하나 골라 한 입 먹고는 젊은 남자를 보며) 못난 놈.

            너는 어디서 계집도 저런 걸 데려와서 이 어미를 골탕 먹이는 게냐.

            학교 다닐 때도 그랬지. 학교 다닐 때도. 저보다 나이도 어리고 고분고

            분한게 널렸는데 꼭 기 세고 사내 같은 애들만 좋다고 따라다니고. 하

            여간 지 애비 닮아 가지고― 내 배에서 낳았지만―

            (혀를 차며) 못났다. 못났어. 너도 알지? 너 못난 거.

젊은 남자   (마지못해 한숨을 뱉으며) 네. 잘 알고 있습니다.

늙은 여자   (젊은 여자를 보며) 여기 대장이라고?

(잠시 뜸을 들인 후) 대단하네― 대단해― 사내도 아닌 몸으로.

(사이)

우리 아들 어디가 좋은가? 저래 보이긴 해도 남자답긴 하지?

(젊은 여자가 뭐라고 하려는 걸 끊으며) 같이 있으려니 힘들지?

알아! 내가 잘 알아! 저 애 아빠.

그러니까 내 서방 그 인간도 사실 비리비리했거든.

콩 심은 데 콩 난다고 나야 그냥 다리만 벌려주고 씨 뿌린 거 싹 틔우게만 해준 거지, 뭐 뻔한 거 아니겠어?

(젊은 여자가 고개를 절레절레 흔들자) 그래도 똑똑한 애야.

내 새끼라 그러는 게 아니라 진짜 옛날부터 항상 사람들을 놀래키는 재주가 있는 애라고. 그러니까 너무 구박하지 말고 중요한 일도 한 번 맡겨 봐. 그래도 사내새끼인데 자네보다야 못 하겠어?

안 그래?

젊은 여자	(체념하듯) 알겠습니다. 생각해 보겠습니다.
늙은 여자	정말이지?
	(편한 자세로 의자에 등을 기대며) 이제야 자네가 소금 마음에 드네.
	마음에 들려고 하고 있어.
	(젊은 남자를 보며) 잘했지? 엄마, 잘했지?
젊은 여자	그러면 이제 제가 몇 가지 여쭤 봐도 되겠습니까?
늙은 여자	아무렴. 물어봐요!
젊은 여자	어디에서 오시는 길이시죠?
늙은 여자	어디?

	(손으로 숲 너머를 가리키며) 당연히 저 숲 너머에서지.
젊은 여자	전쟁터에서요?
늙은 여자	전쟁?
젊은 여자	숲 너머에서 지금 전쟁이 한창이잖아요.
늙은 여자	그래? 전쟁이?
	나는 처음 듣는데.
젊은 남자	전쟁이 없나요? 설마, 전쟁이 끝난 건가요?
젊은 여자	자네는 조용히 하고 보초나 제대로 서고 있어.
	(다시 늙은 여자를 보며) 아까는 모른다고 하셨잖아요.
	확실해요? 숲 너머에서 오신 거.
늙은 여자	그렇다니까. 이틀을 헤맸어. 저 빌어먹을 숲에서. 이틀이나 못 먹고
	잠도 못 자고 말이야.
젊은 여자	숲 너머에서 오셨다?
	(늙은 여자가 고개를 끄덕이자) 그곳은 지금 전쟁이죠? 맞죠?
	그렇죠?
늙은 여자	(잠시 무언가 생각에 잠기다가) 아니.
젊은 여자	다시 잘 생각해 보세요.
늙은 여자	뭘 자꾸 물어보는 거야? 그만 물어봐!
젊은 여자	지금 저 밖은 전쟁이 한창이잖아요! 그렇잖아요?
늙은 여자	(갑자기 무언가 생각난 듯) 맞아!
	(자리에서 벌떡 일어나더니) 자고 있는데 갑자기!
	(두 손을 머리 위로 들어) 뭔가 번쩍! 하더니

(번쩍 든 두 손을 흔들며) 쪼르르— 떨어지더니

(두 손을 한데 모으며) 펑! 하고 터졌어!

젊은 여자	(따라 자리에서 일어나며) 폭탄인가요? 폭탄이군요! 폭탄!
늙은 여자	(신이 나서) 잠깐 있으니까 갑자기 막 냄새가 나는 거야.
젊은 여자	냄새요? 어떤 냄새?!
늙은 여자	(한 손으로 코를 잡고 인상을 찡그리며) 썩은 내였어. 진짜 고약한.

(혼자 헛구역질을 하며) 내 평생 그렇게 기분 나쁘고 구린 냄새는

처음이었다고!

젊은 여자   (상기된 표정으로 동의를 구한 듯 젊은 남자를 쳐다보며) 시체군요.

적의 폭탄에 불타는 시체!

몸서리를 치며 젊은 여자의 시선을 외면하는 젊은 남자

늙은 여자	기억나—
젊은 여자	좋아요! 기억나잖아요! 괜찮아요! 이제 괜찮아요!

(늙은 여자의 두 손을 꼭 잡으며) 고생 많으셨습니다.

정말 고생 많으셨어요. 그동안 얼마나 힘드셨어요?

(갑자기 어깨를 들썩이고 훌쩍이는 소리를 내며) 이제 걱정하지 마세요.

제가 있어요. 그러니까 걱정하지 마세요.

제가 옆에 있어요.

늙은 여자   (젊은 여자를 뿌리치며) 대관절 지금 무슨 말을 하는 거야?

(사이)

	내 말은 그게 아니야!
젊은 여자	그, 그럼요?
늙은 여자	(한 손을 들어 입에 가져다 댄 후 '뿌웅―' 소리를 낸 후) 방구!
젊은 여자	네?
늙은 여자	(젊은 남자를 가리키며) 쟤 아빠가 방구를 꼈다고. 방구를.
	(숲 너머를 가리키며) 저 너머에서. 저 밖에서. 그랬다고!

낄낄 웃으며 의자에 다시 앉는 늙은 여자
한 번 말없이 젊은 남자를 바라본 후, 역시 털썩 의자에 앉는 젊은 여자

늙은 여자	(젊은 여자를 흘겨보며) 왜, 별로야? 만족스럽지 않아?
	이런 걸 원했던 게 아니야?
	(젊은 여자가 아무 말이 없자) 미친년― 진짜 전쟁이 나기를 몹시 바랐던
	년 같네―
젊은 남자	어머니.
늙은 여자	오! 그래! 우리 아들!
젊은 남자	전쟁 같은 건 없는 거예요?
늙은 여자	전쟁은 무슨! 헛소리하지 마!
	너 손주 언제 보여줄 거야? 나한테는 그게 더 중요하다!
	그게 더 중요해!

자리에서 벌떡 일어나더니, 가방에서 먹을 것을 하나 꺼내는 젊은 여자

바로, 늙은 여자의 입에 쑤셔 넣는다.

갑작스러운 공격에 손을 허우적거리는 늙은 여자

젊은 남자　(황급히 늙은 여자에게 다가가 젊은 여자로부터 떼어 놓으며)

이게 지금 뭐 하는 짓입니까?!

늙은 여자　(거친 숨을 몰아쉬며) 아들! 우리 아들! 아들! 우리 아들!

(젊은 여자에게 삿대질을 하며) 저년이! 저년이 날 죽이려 했어!

저년이!

젊은 여자　(자신과 늙은 여자를 가로막고 서 있는 젊은 남자를 보며) 자네.

지금 저 노망난 여자를 편드는 건가?

(젊은 남자가 두 눈을 꼭 감고 아무 대답도 안 하자) 저 여자가

미친 건 알고 있나?

젊은 남자　그, 그렇습니까?

젊은 여자　그러면 저 여자가 하는 말이 다 거짓인 것도 알고 있고?

젊은 남자　그, 그건 잘 모르겠습니다.

젊은 여자　뭐라고?

다시 묻겠다.

지금 저 여자가 하는 말이 진짜라고 생각하는 건가?

젊은 남자　(여전히 두 눈을 감은 채) 아닙니다!

젊은 여자　그러면 가짜라고 생각하는 건가?

젊은 남자　그것도 아닙니다!

젊은 여자　씨발─ 그러면 대체 뭐야!

젊은 남자	그냥 알고 싶을 뿐입니다.
젊은 여자	뭐가?!
젊은 남자	진실 말입니다.
젊은 여자	진실?
젊은 남자	저는 집에 가고 싶습니다.
젊은 여자	왜?!
젊은 남자	엄마가 보고 싶습니다!
젊은 여자	그래서 어쩌라고?
젊은 남자	진짜인지 알고 싶습니다. 정말 전쟁이 있는 것인지.
젊은 여자	만약 아니라면?
젊은 남자	집에 갈 겁니다. 바로.
젊은 여자	엄마 때문에?
	(젊은 남자를 경멸하듯 쳐다보며) 자네, 그냥 마마보이구만.
늙은 여자	(갑자기 젊은 남자를 껴안으며) 아무 말도 하지 말아라. 아무 말도 하지 마!
젊은 여자	(늙은 여자와 젊은 남자를 번갈아 바라본 후) 좋다. 그럼 내가 직접 본부를 다녀오도록 하겠다.
젊은 남자	어, 어디를 간다는 겁니까?
젊은 여자	전쟁이 진짜인지 가짜인지 알고 싶다 이거지. 좋다! (손에 들고 있는 막대기를 괜히 바닥에 치면서) 내가 이 질문을 본부에 가서 하면 다들 어떻게 쳐다볼지 아주 눈에 선하군.
젊은 남자	지, 진짜 가실 겁니까?

젊은 여자	왜? 겁나나?
젊은 남자	그, 그럼 이 숲은 누구 지킵니까?
젊은 여자	(막대기로 젊은 남자를 가리키며) 자네 있지 않나?
	(이번에는 막대기로 늙은 여자를 가리키며) 그리고 저 여자도.
	(젊은 남자가 뭐라고 말을 하려 하자 바로 끊으며) 선택해라.
	(젊은 남자가 의아한 표정을 짓자) 나인가, 아니면 저 나이 많은
	할머니인가?
늙은 여자	아무 말도 하지 마라! 우리 아들! 아무 말도 하지 마!
젊은 남자	모, 모르겠습니다.
젊은 여자	(한쪽 어깨에 가방을 걸치고 들고 있던 막대기를 바닥에 내던지며)
	차렷!
	(젊은 남자가 아무 대답이 없자) 대답 안 하나? 차렷!

차렷 자세를 취하는 젊은 남자

젊은 여자	복창한다!
	나는 대장님을 사랑합니다! 실시!
젊은 남자	나는 대장님을 사랑합니다!
젊은 여자	목소리가 작다! 눈 감고 더 크게!
젊은 남자	(눈을 감고) 나는 대장님을 사랑합니다!
	나는 대장님을 사랑합니다!
	나는 대장님을 사랑합니다!

숲 너머로 사라지는 젊은 여자

젊은 남자   나는 대장님을 사랑합니다!

                 나는 대장님을 사랑합니다!

늙은 여자   (젊은 남자를 껴안으며) 그만! 그만!

그제야, 다시 눈을 뜨고 주변을 두리번거리는 젊은 남자

자기 옆에는 늙은 여자밖에 없다.

젊은 남자   (숲 너머를 바라보며) 대장님―

늙은 여자   (젊은 여자가 던지고 간 막대기를 건네주며) 아들. 받아.

자기도 모르게 늙은 여자로부터 막대기를 받는 젊은 남자

늙은 여자   (젊은 남자가 잠시 주위를 두리번거린 후, 자신을 빤히 쳐다보자)

                 배고프다. 밥 먹자.

자석에 이끌리듯 늙은 여자에게 다가가는 젊은 남자

두 팔을 벌려 젊은 남자를 맞이하는 늙은 여자

아주 자연스럽게, '어미'인 늙은 여자 품에 안기는 '아들' 젊은 남자

다소 어두워진다.

2장

깊은 밤

의자에 앉은 채, 피에타 석상의 모습처럼

눈을 감고 자고 있는 젊은 남자를 안고 있는 늙은 여자

한 손으로는 막대기를 쥐고 있다.

숲 너머에서 바스락 소리가 들린다.

몸을 움찔하는 젊은 남자

그런 젊은 남자의 등을 두드리며 토닥이는 늙은 여자

다시 숲 너머에서 소리가 들리고 젊은 남자가 몸을 뒤척인다.

젊은 남자	(잠꼬대하듯) 귀신─ 귀신이야─
늙은 여자	(젊은 남자를 토닥이며) 괜찮아. 괜찮아.
	(젊은 남자가 신음을 내자) 엄마 여기 있다. 엄마 여기 있어.
젊은 남자	엄마─ 나─ 무서워요─
늙은 여자	엄마가 노래 들려줄게. 너 기억하니? 어렸을 때 자면서 노래 듣는 거 좋아했잖아.
	(사이)
	엄마가─ 섬 그늘에─ 굴 따러─ 가면─

아기가─ 혼자 남아─ 집을─ 보다가─

바다가─ 불러주는─ 자장─ 노래에─

팔 베고─ 스르르르─ 잠이─ 듭니다─1)

숲 너머에서 젊은 여자가 가방을 메고 등장한다.

젊은 여자   (가방을 바닥에 내려놓으며) 지금 뭐 하는 겁니까?

늙은 여자   (젊은 여자에게 고개를 돌리며) 쉬잇─

              (자신의 무릎을 베고 자고 있는 젊은 남자를 가리키며)

              우리 애 자고 있잖아요.

젊은 여자   (두 손을 허리춤에 올린 후) 근무 중에 자고 있다는 말인가요?

늙은 여자   괜찮아요. 내가 있잖아요.

젊은 여자   (젊은 남자를 가리키며) 저 사람 빨리 깨워요.

늙은 여자   조용히 해요. 애 자고 있다고요.

젊은 여자   (단호한 목소리로) 병사! 기상! 일어섯!

늙은 여자   안 돼! 안 돼!

순간, 잠에서 깨는 젊은 남자

곧바로 정신을 차리고 정자세로 차렷 자세를 취한다.

늙은 여자   애가 깼잖아! 애가 깼다고!

---

1) 동요 〈섬집아기〉

젊은 여자	지금 대체 뭐 하는 거지? 근무 중 아닌가?
젊은 남자	죄, 죄송합니다. 저, 저도 모르게 그만…
늙은 여자	죄송하다니. 네가 왜? 네가 뭐가 죄송해.
	밤에는 자야지. 밤에는 자야 하는 거야.
	휴식을 취하고 꿈을 꾸고 그렇게 무럭무럭 자라는 거라고.
젊은 여자	(늙은 여자를 쳐다보며) 가만히 계시지요.
늙은 여자	(젊은 남자를 바라보며) 우리 아들. 졸리면 자. 괜찮아. 괜찮아.
젊은 여자	지금 여긴 전쟁터입니다. 누구 집 안방이 아니라고요.
늙은 여자	전쟁터?
	전쟁은 무슨. 전쟁 같은 거 없어.
젊은 남자	진짜예요? 진짜 전쟁이 없나요?
늙은 여자	아까도 물어보던데 왜 자꾸 전쟁 이야기를 하는 거야?
	전쟁 같은 거 없다니까.
젊은 남자	다, 다행이다. 솔직히 진짜 무서웠어요. 너무너무 겁이 났다고요.
늙은 여자	뭐가?
젊은 남자	전쟁이요. 그리고 이 숲이요.
늙은 여자	(막대기로 젊은 여자를 가리키며) 흥— 저 여자가 너를 겁주는 것뿐이야.
	있지도 않은 전쟁으로 너를 옭아매려고 하는 거란다.
	(위협하듯 젊은 여자를 향해 막대기를 휘두르며) 맞지?
	우리 순하고 어린 아들한테 거짓말을 해서 겁먹게 하고 있잖아.
	안 그래?

성큼성큼 늙은 여자 앞으로 다가가는 젊은 여자

순간, 늙은 여자가 뒷걸음치고

단숨에 늙은 여자가 들고 있는 막대기를 낚아채 뺏어 드는 젊은 여자

늙은 여자   뭐, 뭐 하는 짓이야?

젊은 여자   내가 여기 대장입니다.

늙은 여자   그, 그래서 어쩌라고?

젊은 여자   내 지시에 따르시지요.

                (젊은 남자를 보며) 자네는 멍청하게 가만히 서 있지 말고

                어서 제대로 보초를 서.

차렷 자세로 숲 너머를 지켜보기 시작하는 젊은 남자

늙은 여자   (젊은 남자를 보며) 불쌍한 우리 아들. 제대로 자지도 못하고.

                (젊은 여자에게 고개를 돌리며) 아들이 있나? 분명 자식이 없을걸.

젊은 여자   아직 결혼도 안 했죠.

늙은 여자   머리는 왜 그렇게 짧은 거야? 진짜 여자 맞아?

젊은 여자   여자는 무조건 결혼을 해서 아이를 낳아야 한다는 건가요?

                같은 여자로서 매우 불쾌하고 어머니가 딱하게 느껴지네요.

늙은 여자   흥— 자네야말로 잘난 척하지 마—

                나도 결혼 잘못한 거 알고 있고

                자네 같은 젊은 친구들이 어떤 생각을 가지고 있는지 알고 있어.

젊은 여자	그럼 대화가 통하겠네요.
	마지막으로 묻겠습니다.
	(숲 너머를 가리키며) 지금 전쟁이 있습니까? 없습니까?
늙은 여자	비록 자네가 지금은 이렇게 말해도 결국은 똑같아질 걸.
	아이를 가지면. 엄마가 되면 말이야.
젊은 여자	딴 소리 하지 말고 묻는 말에 대답해요.

숲에서 짐승 우는 소리가 들린다.

젊은 남자	대, 대장님—
젊은 여자	별 거 아니야. 호들갑 떨지 마.
늙은 여자	(젊은 남자를 다시 보며) 불쌍한 내 새끼—
젊은 여자	빨리 대답하세요.

젊은 여자가 내려놓은 가방으로 향하는 늙은 여자
가방 안을 열더니 그 안에서 보급품을 하나씩 꺼낸다

젊은 여자	지금 뭐 하는 겁니까?
늙은 여자	이, 이게 다야?
젊은 여자	정량만큼 가지고 온 겁니다.
늙은 여자	세상에! 어떻게 이것만 먹고 버틸 수 있어!
	우리 애는 더 먹어야 해! 이것보다 더 먹어야 한다고!

젊은 여자	다시 말합니다. 여기는 전쟁터입니다. 우리는 군인들이고요.
늙은 여자	더 줘. 우리 애는 더 먹어야 해.
젊은 여자	마지막으로 묻겠습니다.
	지금 전쟁은 있습니까, 없습니까?
늙은 여자	더 줘! 내 새끼 먹을 거 더 달라고!

숲 너머에서 '우웩—' 하는 소리가 들린다.

젊은 남자	(숲 너머를 가리키며) 대장님!
늙은 여자	아들! 걱정하지 마! 겁먹을 거 없다!
	(젊은 여자에게 손가락질을 하며) 다 저 여자 잘못이야!
	다 저 여자 탓이라고!
	(가방을 젊은 여자를 향해 던지며) 못된 년! 남자 잡아먹을 년!
젊은 여자	(막대기로 늙은 여자를 가리키며) 이 시간부로 당신을 체포합니다!
늙은 여자	뭐, 뭐라고?
젊은 여자	(젊은 남자를 보며) 뭐하나? 저 자를 체포하게.
젊은 남자	지, 진심이십니까?
젊은 여자	뭐 문제 있나?
늙은 여자	아들! 이 엄마를 정말 체포하지는 않을 거지? 그렇지?
젊은 여자	저 사람이 자네 엄마인가?
젊은 남자	아, 아닙니다.
늙은 여자	아들! 엄마야! 엄마!

젊은 여자	그러면 대체 뭐가 문제지?
젊은 남자	그래도 되는지 모르겠습니다. 숲을 헤맨 분입니다.
	거기다 정신도 온전치 못한 분인데. 정당한 건지 모르겠습니다.
젊은 여자	정당? 그걸 자네가 정하는 건가?
젊은 남자	아, 아닙니다.
젊은 여자	자네만 이 숲을 진정으로 생각한다고 생각하나?
	자네만 이 숲을 사랑하나?
늙은 여자	(젊은 남자를 애처롭게 쳐다보며) 이 엄마는 아들만을 생각한다.
	우리 아들만 사랑해. 엄마 마음 알지?
젊은 여자	자네—
	겁이 많은 줄 알았더니 아예 겁대가리가 없구만.
젊은 남자	자, 잘 못 들었습니다.
젊은 여자	다시 말하겠네.
	(늙은 여자를 가리키며) 어서! 저 자를 체포하게.
	본부에 물어보니 밖에는 전쟁이 한창이야.
	그런데 전쟁이 없다고 하다니.
	둘 중에 하나겠지.
	미쳤거나 아니면 우리에게 혼란을 심어주기 위해 적이 보낸 첩자거나.
	둘 모두, 지금 우리에게는 위협적인 상황이다!
	이 숲을 진정으로 사랑한다면 어서 체포하라!
	너의 숲 그리고 우리의 숲을 위한 일이다!

주저하며 말없이 늙은 여자를 바라보는 젊은 남자

'아들'을 반복하며 부르는 늙은 여자

젊은 여자   지금 명령에 불복종하는 건가?

늙은 여자에게 다가가는 젊은 남자

늙은 여자   아들? 우리 아들?

다시 한 번 숲에서 '우웩~' 하는 소리가 들린다.

이어서 '콜록콜록~'하는 기침 소리가 이어진다.

숲 너머를 바라보는 젊은 남자와 젊은 여자

잠시 후, 사람의 실루엣이 보인다.

젊은 여자   (막대기를 총처럼 실루엣을 향해 겨누며) 치즈!

대답 대신 '우웩~'하는 소리만 들린다.

젊은 여자   치즈!

늙은 남자   (모습을 드러내며) 호랑이!

남루해진 차림으로 다리를 절뚝거리는 늙은 남자

바로 그 자리에서 앞으로 털썩 쓰러진다.

젊은 남자　　(늙은 남자에게 달려가) 아저씨! 아저씨!

서서히 암전

3막

1장

새벽

반듯한 자세로 보초를 서고 있는 젊은 남자

그 바로 앞으로 모포와 이불이 깔린 위에 늙은 남자가 누워 있다.

늙은 여자는 두 팔을 등 뒤로 하여 묶여 있는 상태로 의자에 앉혀져 있다.

그 바로 옆 의자에 눈을 감은 채 비스듬히 앉아 잠을 청하고 있는 젊은 여자

한 손에는 막대기를 그리고 무릎 위에는 가방을 올려놓고 있다.

새 지저귀는 소리가 들린다.

젊은 여자	(바로 옆에서 늙은 여자가 몸을 비틀며 중얼중얼 혼잣말을 하자)
	조용히 해요.
늙은 여자	이것 좀 풀어 줘. 아파― 아프다고―
젊은 여자	안 돼요. 지금 체포된 거 몰라요?
늙은 여자	내가 뭘― 내가 뭘 잘못했다고 이러는 거야?
젊은 여자	어머니는 지금 우리한테 큰 위협적인 존재입니다.
늙은 여자	내가 대체 뭔데?
젊은 여자	그걸 이제 알아봐야죠. 날이 밝으면 저랑 같이 본부로 갈 겁니다.
	거기서 전문적으로 심문을 하면 알게 되겠죠.
늙은 여자	나는 나쁜 사람이 아니야. 나는 그냥 엄마일 뿐이라고. 그냥 엄마.
젊은 여자	우리 모두 누군가의 엄마이자 딸이고 아들이죠.
늙은 여자	대장―
	대장은 내가 뭐라고 생각하는데?
젊은 여자	숲 너머에서 왔다고 했죠?
늙은 여자	그렇다니까.
젊은 여자	적인가요? 적이 보낸 첩자예요?
늙은 여자	아니야. 그렇지 않아.
젊은 여자	혹시 정신이 왔다 갔다 해요?

늙은 여자	아니! 대체 나를 뭘로 보고?!
젊은 여자	그래요? 다행이네요.
	아무튼 알았으니까 좀 쉬세요. 나도 쉴 테니까요.
늙은 여자	(젊은 여자와 젊은 남자를 번갈아 쳐다본 후) 자네는 일 안 하나?
	왜 아까부터 우리 아들만 계속 보초를 서는 거야?
젊은 여자	(한숨을 쉬며) 그건 그게 저 친구 임무니까요.
늙은 여자	우리 아들 혼자만 하는 거야? 계속? 대체 자네가 하는 건 뭔데?
젊은 여자	시끄러워요. 나는 지금 잠을 자야 해요. 알았어요?
	알아들었으면 입 닥치고 가만히 있어요.
	말을 똑바로 못하겠으면 말을 듣기라도 잘 들으라고요.
늙은 여자	(혼잣말로) 싸가지 없는 년―
	(젊은 남자를 바라보며) 너는 진짜 어떻게 하려고 이런 년을
	데리고 온 거냐!

막대기를 들어 늙은 여자를 한 대 때리는 젊은 여자

늙은 여자, 아파하면서 다시 알 수 없는 혼잣말을 중얼중얼거린다.

숲 너머에서 짐승의 울음소리가 들린다.

아까와는 달리 놀라지 않는 젊은 남자

어느새 젊은 여자는 잠에 빠져들고

늙은 여자도 고개를 푹 숙인 채 미동이 없다.

이때, 늙은 남자가 몸을 뒤척여 움직이기 시작한다.

젊은 남자	대장님!
	(젊은 여자 눈치를 한 번 보고는) 아저씨?
늙은 남자	(겨우 한 팔로 몸을 지탱해 상체만 일으키며) 너구나! 잘 있었냐?
	(자신에게 오려는 젊은 남자에게 손을 들어 제지하며) 오지 마.
	그냥 거기 있어. 보초 계속 봐.
젊은 남자	괜, 괜찮으세요?
늙은 남자	아니. 안 괜찮아.
	지금이 며칠이지?
	내가 이 숲을 떠난 지 얼마나 된 건가?
	며칠 됐나? 아닌가? 한 달은 지났니?
	모르지. 하루 어쩌면 사실 몇 시간 밖에 안 됐을 수도 있지.
젊은 남자	무슨 일이 있으셨던 거예요?
늙은 남자	전방에 갔다 왔지. 전방에.
젊은 남자	전쟁터에서 다치신 거예요?
늙은 남자	미안한데 먹을 거 좀 있나?

주머니에서 먹을 것을 하나 꺼내 늙은 남자에게 건네는 젊은 남자

늙은 남자	(젊은 남자가 준 것을 보더니) 초콜릿이 먹고 싶은데.
	초콜릿은 없어?
젊은 남자	네. 없어요.
늙은 남자	없다고? 보급으로 받은 게 벌써 다 떨어졌어?

젊은 남자	네
늙은 남자	조금 있으면 날이 밝지? 새로 보급이 올 때까지 기다려야겠네.
젊은 남자	보급이 와도 없을 거예요.
늙은 남자	없을 거라고? 보급이?
	이제 더 이상 초콜릿이 보급 안 돼?
젊은 남자	네
늙은 남자	왜?
젊은 남자	(젊은 여자 쪽을 보며) 새로 온 대장님이.
늙은 남자	보급을 끊었어? 술도 없지?
	(젊은 남자가 고개를 끄덕이자) 생각보다 더 짜증나는 스타일이군.
	(젊은 남자가 준 것을 바라보며) 할 수 없지 뭐―

젊은 남자가 준 것을 천천히 베어 먹기 시작하는 늙은 남자

젊은 남자	전방에 있다가 오신 거죠?
늙은 남자	응.
젊은 남자	전쟁터에 있다가 오신 거예요?
늙은 남자	왜?
젊은 남자	진짜 전쟁이 있기는 있는 거예요?
늙은 남자	무슨 뚱딴지같은 말이야?
젊은 남자	아니, 그게―
	(늙은 여자를 가리키며) 저 할머니 보이세요?

늙은 남자	할머니?
	(몸을 더 일으켜 늙은 여자 쪽을 보며) 뭐야? 저 여자는?
젊은 남자	숲에서 나타났어요. 갑자기.
늙은 남자	숲에서?
젊은 남자	숲을 헤매고 있었대요.
늙은 남자	어디서 왔는데? 숲 너머에서?
젊은 남자	(고개를 끄덕이며) 이상한 말을 해요.
늙은 남자	이상한 말? 무슨 이상한 말?
젊은 남자	전쟁이 없대요.
	(사이)
	진짜예요? 전쟁 없어요? 말씀해 주세요. 다녀오셨잖아요.
늙은 남자	(젊은 남자의 시선을 외면하며) 미친 여자군.
	새로운 대장이라는 여자는 그래서 그냥 두고 있는 거야?
젊은 남자	아니요. 체포했어요.
	대장님 말대로 미쳤거나 아니면 적의 첩자일 거라고요.
늙은 남자	(고개를 끄덕이며) 그럼 다행이네.
젊은 남자	대장님. 말씀해 주세요.
	진짜 전쟁이 있어요? 아니면 없는 거예요?
늙은 남자	(빙그레 웃으며) 그냥 아저씨라고 해. 아저씨.
	(젊은 여자 쪽을 가리키며) 들으면 어쩌려고 그래?
	이제 대장은 저 사람이잖아.
젊은 남자	아저씨!

늙은 남자　　　잠깐만! 조용히 해 봐!

숲 너머를 바라보는 늙은 남자
덩달아 젊은 남자도 숲 너머로 시선을 돌린다.
갑자기 크게 '어흥—!' 소리를 내면서 젊은 남자를 놀래키려 하는 늙은 남자
하지만 전혀 놀라지 않는 젊은 남자

늙은 남자　　　어쭈— 안 놀래네.

　　　　　　　그새 너 많이 컸나 보다.

젊은 남자　　　내가 진짜 바보인 줄 아는군요.

　　　　　　　왜 내가 묻는 말에 대답을 안 해 주는 거죠?

늙은 남자　　　칭찬을 해 주는데 왜 성질이야?

　　　　　　　(사이)

　　　　　　　뭘?! 네가 뭘 물어봤는데?

젊은 남자　　　전쟁이 진짜 있냐고요?

늙은 남자　　　씨발 새끼—

　　　　　　　야! 너는 지금 그게 나한테 할 소리냐? 너는 예의도 없어?

　　　　　　　내가 지금 이 모양 이 꼴인 게 왜인 것 같냐?

　　　　　　　개놈의 새끼— 겁먹지 말라니까 아예 겁대가리를 상실해 버렸네!

　　　　　　　하여간 너 같이 어린놈의 새끼들은 이게 문제야. 예의가 없어!

젊은 남자　　　전쟁이 있어요? 없어요?

늙은 남자　　　있다! 씨발 놈아! 됐냐?

네 놈은 무서워서 아마 오줌을 질질 쌀 거다!

밖이 어떤지 알아? 지옥이야! 지옥!

시체 그리고 또 시체뿐이지!

어디를 가나 사람들이 소리 지르고 울고 있어!

됐어? 이제 속 시원해?! 이 머리에 피도 안 마른 새끼야!

젊은 남자　그게 다 전쟁 때문이라는 거예요?

진짜 전쟁이 지금 벌어지고 있는 거예요?

늙은 남자　인생은 다 전쟁이야!

네가 생각하는 전쟁이라는 게 대체 뭔데?!

젊은 여자　뭐야? 왜 이렇게 시끄러워?

(자리에서 일어나 늙은 남자를 보며) 이제 정신이 들어요?

늙은 남자　네. 덕분에.

젊은 남자　대장님.

젊은 여자　됐어. 일단 계속 보초나 서.

(늙은 남자에게 다시 시선을 돌리며) 전쟁터는 어때요?

늙은 남자　정신없죠.

젊은 여자　격렬한가요?

늙은 남자　많이요. 아주 많이.

젊은 여자　(젊은 남자를 한 번 쳐다보고) 사람들이 많이 죽었겠네요?

늙은 남자　(역시 젊은 남자를 쳐다보고는) 전쟁이 뭔지 몰라서 묻는 겁니까?

젊은 남자　저는 이해가 안 가요. 사실 여기는 아무 일도 일어나지 않잖아요.

젊은 여자　그래? 하지만 자네는 겁을 먹고 있지 않나? 아무 일도 일어나지

	않는다면 대체 왜 겁을 먹는 거지?
젊은 남자	아니요! 더 이상 겁나지 않아요!
젊은 여자	진짜?

늙은 남자를 바라보는 젊은 여자
조용히 고개를 끄덕이는 늙은 남자

젊은 남자	(늙은 여자 쪽을 가리키며) 우리 엄마도 그렇게 말하고 있잖아요.
	전쟁은 없다고요.
늙은 남자	미친 여자라며?
	(젊은 여자를 보며) 아닌가요?
젊은 여자	맞아요!
	(젊은 남자를 보며) 자네. 보초나 제대로 서게.
젊은 남자	저 분은 숲 너머에서 왔어요.
	그런데 전쟁이 없다고 말하고 있다고요.
늙은 남자	나도 숲 너머에서 오는 길이야. 방금.
젊은 남자	그래서 전쟁이 있나요?
젊은 여자	저 여자 말은 믿을 수 없어.
젊은 남자	아니면요? 엄마 말이 맞다면요?
젊은 여자	엄마?
	저 사람이 자네 엄마인가?
젊은 남자	아, 아뇨

젊은 여자	그런데 대체 뭘 믿어야 한다는 거지?
젊은 남자	(늙은 남자를 보며) 아저씨. 제발 대답해 주세요!
	전쟁이 있는 거예요? 없는 거예요?
늙은 남자	이봐. 겁쟁이.
	지금 그게 중요한 게 아니야.
젊은 남자	그럼 뭐가 중요한데요?
늙은 남자	네가 해야 할 일을 해.
	정말로 이 숲을 사랑한다면.
	정말 이 숲을 지키기 위해 군인이 된 거라면 말이야. 알았어?
	너는 군인이야. 시키는 대로 명령대로 따르면 되는 거야.
젊은 남자	저는 제가 직접 알아야겠어요.
젊은 여자	그럴 필요 없어.
젊은 남자	(젊은 여자를 보며) 대장님— 저 숲 너머로 다녀오겠습니다.
	보내주십시오.
젊은 여자	불가한다.
젊은 남자	제 눈으로 직접 봐야겠습니다. 진짜 저 너머에 전쟁이 있는지 없는지.
젊은 여자	다시 말한다. 그럴 필요 없다.
젊은 남자	제가 직접 보고 판단해야겠습니다.
젊은 여자	자네는 판단할 필요도 이유도 없다.
젊은 남자	그러면 대체 저는 무얼 해야 합니까?
젊은 여자	계속 해왔던 거. 그냥 계속하면 된다. 시키는 대로.
	알았나?

젊은 남자	정찰 보낸다 생각할 겸 한 번만 보내주시면 안 됩니까?
젊은 여자	마지막으로 말한다. 안 된다.
	더 이상 이야기하지 말도록. 한 번만 더 입에 올리면 그때는
	명령 불복종으로 군법으로 다스리겠다.
젊은 남자	마치 대장님은 전쟁을 즐기시는 분 같습니다.
젊은 여자	그래? 자네는 아닌가?
젊은 남자	저는 아닙니다.
젊은 여자	자네야말로 이 전쟁이 아니라면
	지금 그런 일이라도 할 기회가 있을 거 같나?
	자네처럼 겁 많고 사내답지 못한 어린 애가
	평상시 같았으면 한 손에 총이라도 들 수 있었겠냐 이 말이야.
	누가 자네한테 총을 쥐어주겠나? 어떤 바보가 자네 같은 모자라고
	순진한 아이한테 일을 시키겠나!
젊은 남자	그건 대장님도 마찬가지 아닙니까?
	(사이)
	대장님도 이 전쟁이 아니었으면 여기서 이렇게 대징 노릇을 못하고
	있겠지요?
	(늙은 남자를 보며) 아저씨도 그렇고요.
늙은 남자	나는 그딴 완장 같은 거 관심 없어.
젊은 여자	겁쟁이 새끼! 너한테 달려 있는 불알 두 쪽이 아깝다!
젊은 남자	저는 전쟁을 무서워하는 것뿐입니다.
젊은 여자	전쟁이 아니라 아무짝에도 쓸모없는 자기 자신을 싫어하는 거겠지.

젊은 남자	아니에요. 그렇지 않아요. 아니에요.
젊은 여자	자네 여자랑 자 본 적은 있나? 아마 없겠지.
늙은 남자	그만해요. 이제.
젊은 여자	자네 같은 남자랑 어떤 여자가 몸을 섞으려고 하겠나?
	자네가 이 숲을 사랑해도 이 숲은 자네를 사랑하지 않아. 알겠나?
젊은 남자	(소리를 지르며) 아니야! 아니라고!
늙은 여자	(화들짝 정신을 차리며) 아들? 아들!
젊은 남자	거짓말! 거짓말이야!

그 자리에 주저앉는 젊은 남자

아들을 부르며 덩달아 소리를 지르는 늙은 여자

그런 젊은 남자와 늙은 여자에게 각각 달려드는

늙은 남자와 젊은 여자

늙은 남자는 젊은 남자를, 젊은 여자는 늙은 여자를 바닥에 눕혀 제압한다.

숲 너머에서도 다시 짐승들이 울부짖는 소리가 서로 뒤섞여 시끄럽다.

2장

깊은 새벽

모포와 이불이 깔린 위에 늙은 남자와 젊은 여자가 나란히 누워서 자고 있다.

그 옆으로 젊은 남자와 늙은 여자가 손발이 묶인 채 엎드려 있다.

늙은 여자	아들? 괜찮니? 아들?
	(젊은 남자가 대답이 없자) 호, 혹시 죽었니?
	아— 내가 또— 내가 또— 너를 죽이고 말았구나. 이 못난 어미가
	너를 또 지키지 못했어. 미안하구나. 다음에는 꼭. 다음에 다시
	우리가 만난다면 그때는 이 어미가 꼭 지켜줄게. 꼭.
	엄마가— 섬 그늘에— 굴 따러— 가면—
	아기가— 혼자 남아— 집을— 보다가—
	바다가 불러주는— 자장— 노래에—
	팔 베고— 스르르르— 잠이— 듭니다—
젊은 남자	(몸을 꿈틀거리며) 진짜죠? 진짜 지켜주는 거죠?
늙은 여자	아들! 살아있었구나! 안 죽었네. 안 죽었어. 하나님 감사합니다.
젊은 남자	시끄러워요. 조용히 **좀** 해요.
	이거 왜 이렇게 안 풀어져?
늙은 여자	그런데 왜 안 자고 깼어? 피곤하지 않아?
젊은 남자	아까는 죽은 거 아니냐고 걱정하시더니—
늙은 여자	하루 종일 보초를 섰잖니. 피곤할 텐데 눈 좀 붙이렴.
젊은 남자	괜찮아요. 그리고 지금 저 바쁘거든요.
	(몸을 꿈틀거리며) 진짜 왜 이리 안 풀려?

늙은 여자	이 엄마가 도와줄까?
젊은 남자	엄마.
늙은 여자	엄마?
젊은 남자	그래요. 엄마.
	내 등 뒤로 와요. 와서 등을 돌리고 손으로 이것 좀 풀어 줘요.
늙은 여자	(몸을 움직여 젊은 남자 등 뒤로 등을 대 붙이며) 알았어. 암.
	우리 아들이 해달라는데 해 줘야지. 암.

이때, 늙은 남자가 잠에서 깬다.

옆에서 자고 있는 젊은 여자가 깨지 않게 조심스레 일어난다.

늙은 여자	(늙은 남자가 일어난 것을 보고) 아들. 조심해.

늙은 남자를 보고 움직이던 것을 멈추고 가만히 있는 젊은 남자

늙은 남자, 젊은 여자를 살피더니 젊은 여자가 가지고 온 가방을 몰래 들어 자신의 어깨에 멘다.

늙은 여자는 자신의 등을 젊은 남자의 등에 댄 채 묶여 있는 젊은 남자의 손을 풀려고 한다.

젊은 남자	(늙은 남자가 몰래 숲 너머로 도망가려 하자) 어디 가요?
	(늙은 남자가 흠칫 멈춰 서다가 무시하고 그냥 다시 가려하자)
	소리 지를 거예요.
늙은 남자	(그제야 젊은 남자를 보며) 넌 그럴 용기가 없잖아. 안 그래?
젊은 남자	어디 가려는 거예요?

늙은 남자	또, 똥을 싸려는 것뿐이야.
젊은 남자	그런데 그 가방은 왜 가져가는 데요?
늙은 남자	가방?
	휴지가 있어서. 맞아. 휴지 때문에 그래.
젊은 남자	도망가는 거예요?
늙은 여자	도망? 누가 도망을 가?!

인기척에 뒤척이는 젊은 여자

젊은 남자	엄마. 조용히 해요.
늙은 여자	그래. 알았다. 알았어. 미안하다. 미안해.
늙은 남자	풀려고?
	저 할머니는 못 풀 텐데.
젊은 남자	어디로 도망가려고요?
	숲 너머로요?
	거긴 지금 전쟁 중 아니에요?
늙은 남자	저 할머니도 혼자 멀쩡히 건너왔잖아.
젊은 남자	아저씨— 진실을 말해 줘요.
	전쟁이 진짜 있긴 있는 거예요?
늙은 남자	진실이라는 게 뭔데? 이 세상에 진실 같은 건 없어.
	진실이라는 믿음만 있는 거지. 다들 자기가 믿고 싶은 대로
	그걸 진실이라 여기며 사는 거야. 빌어먹을 신주단지처럼.

젊은 남자	아저씨는 직접 봤잖아요? 나가서 봤잖아요!
	그런데도 진실을 이야기해 줄 수 없는 거예요?
늙은 남자	눈에 보인다고 다 진실이라고 생각해?
	너는 눈에 보이지도 않는 거에 겁먹고 놀라잖아.
	눈에 보이는 것만 진실이면
	대체 눈에 보이지도 않는 건 왜 있다고 생각해서 겁먹는 거지?
	눈에 보이는 게 진실이면 눈에 보이지 않는 건 거짓인가?
	그러면 너는 그동안 거짓에 겁을 먹고 놀란 거야?
젊은 남자	그, 그러니까 거짓이겠죠. 사람을 겁먹고 놀라게 하니까.
늙은 여자	그래서 내가 늘 말하지 않니. 가족밖에 없다고. 가족이 전부야.
	이제 알았니?

한 번 더 뒤척이는 젊은 여자

늙은 남자	나도 가족한테 가는 거다.
젊은 남자	여기는 어떡하고요? 어차피 전역도 얼마 안 남았잖아요.
	그런데 왜 도망을 가죠?
늙은 남자	사실 나 지금 범죄자다.
	(숲 너머를 가리키며) 저 너머에서 나쁜 짓을 저질렀지.
	물론 먹고 살기 위해서.
	(한숨을 내뱉은 후) 그래서 지금 쫓기고 있는 몸이다.
젊은 남자	뭐죠? 그럼 탈영을 한 건가요?

늙은 남자	그래. 그렇게 생각하면 된다.
젊은 남자	무슨 짓을 저지른 거죠?
늙은 남자	그냥 먹고 살려고 한 것뿐이야.
	나는 애초에 전쟁이나 이 숲 같은 건 관심 없다.
	어릴 때부터 가난하고 힘들게 살았어. 내 몸 하나 간수하는 것만 해도 벅찬 인생이다.
젊은 남자	아저씨는 군인이잖아요.
늙은 남자	내가 군인이 왜 됐는지 알아?
	삼시 세끼를 제때 주니까. 한 번도 거르지 않고. 나한텐 그게 중요해.
	(사이)
	어쩌면 네 말이 맞을지도 모르겠다. 나는 이 숲을 너보다는 사랑하지 않는지도 모르지. 아니, 사실 이 숲을 전혀 사랑하지 않을 수도 있어.
	(가방을 들어 보이며) 나한테는 이것만 있으면 돼.
	오늘 세 번 맛있게 내 입을 만족시켜 줄 이것들만 있으면 된다고.
	(사이)
	소리 지를 거냐?
젊은 남자	모르겠습니다.

젊은 남자에게 다가가는 늙은 남자
그러더니 젊은 남자를 풀어준다.

늙은 여자	나도! 나도!

늙은 남자	(늙은 여자의 입을 막으며) 조용히 해요.
	(젊은 남자가 어리둥절하며 자신을 쳐다보자) 왜? 궁금해?
	(자고 있는 젊은 여자를 가리키며) 도와달라고. 소리 지르거나
	깨우지 말라고.
젊은 남자	어차피 조금 있으면 일어날 거예요. 아저씨 사라진 거 알 텐데.
늙은 남자	상관없어. 이 숲에서만 벗어날 시간만 벌면 돼.
	이 숲만 아니면 돼.
젊은 남자	다시는 이 숲에 안 돌아올 거예요?
늙은 남자	못 와. 안 오는 게 아니라.
젊은 남자	대체 무슨 짓을 한 거예요?
늙은 남자	내가 진실을 알려줄까?
젊은 남자	진실?
늙은 남자	네가 지금 가장 궁금한 것 말이야.

젊은 남자에게 귓속말을 하는 늙은 남자

말없이 가만히 서 있는 젊은 남자

늙은 남자	(가방을 어깨에 들쳐 메며) 이제 알았지? 진실이 뭔지?

숲 너머에서 무언가 알 수 없는 소리가 들린다.

여전히 가만히 서 있는 젊은 남자

늙은 남자	(젊은 남자를 위아래로 훑어보며) **진짜 이제 겁 안 먹네. 다 컸어.**
	나 간다. 잘 지내.
늙은 여자	나도 풀어줘. 나도 풀어주고 가.
늙은 남자	(늙은 여자를 쳐다본 후 젊은 남자를 보며) **저 할머니는 풀어주면**
	안 돼. 알았어?
젊은 남자	왜요?
늙은 남자	나.
	나 없어진 거 너 혼자 다 책임질 거야?
	(숲 너머를 가리키며) 저기서 온 사람이야.
	믿으면 안 돼.
	(사이)
	진짜 첩자일수도 있잖아. 안 그래?
	전쟁이 없어도 적은 있어. 전쟁이 없어도 첩자는 항상 있다고.
	만약 저 할머니가 아직 일어나지 않은 전쟁의 시작일 수도 있잖아.
늙은 여자	아들. 무슨 말 하고 있어? 무슨 이야기를 듣고 있는 거야?
늙은 남자	너보고 아들이라고 하잖아.
	믿음이 가?
젊은 남자	알았어요. 무슨 말인지.
늙은 남자	(젊은 남자의 어깨의 손을 올리며) **이 숲을 잘 부탁한다.**
젊은 남자	아저씨.
	(사이)
	진짜 다시는 이 숲에 안 돌아올 거예요?

늙은 남자	대장님이라고 불러.

숲 너머로 사라지는 늙은 남자

늙은 여자	갔어? 응? 간 거야? 그냥 갔어? 안 풀어주고? 그냥?
젊은 남자	조용히 하세요.
	(젊은 여자를 가리키며) 깨겠어요.
늙은 여자	나쁜 놈. 나쁜 놈 같으니. 저 자식 먹을 것도 다 가져간 거지?
	그렇지?
	(젊은 남자가 고개를 끄덕이자) 내가 그랬잖아. 믿을 건 가족 밖에 없다니까.
	전쟁이니 숲이니 뭐니 다 떠들어봤자 자기들 잇속이나 챙길 뿐이야.
젊은 남자	아저씨도 가족한테 간다고 그랬어요.
늙은 여자	너도 챙겨. 바보같이 혼자 숲을 지킨다고 떠들고 있지나 말고.

잠시 말이 없더니
늙은 여자를 풀어주는 젊은 남자

늙은 여자	고맙다. 고마워. 역시 우리 아들 밖에 없구나.
젊은 남자	(숲 너머를 가리키며) 저 너머에서 오신 거 맞죠?
늙은 여자	그렇지.
젊은 남자	그러면 다시 갈 수도 있죠?
늙은 여자	못할 건 없지.

젊은 남자	길은 기억해요?
늙은 여자	너는 내가 노망난 할머니처럼 보이냐?
젊은 남자	저 밖으로 나갈래요. 도와주세요.
늙은 여자	밖은 위험해.
젊은 남자	직접 제 두 눈으로 보고 싶어요. 숲 너머로 갈래요.
늙은 여자	뭐가 있을지 알고?
젊은 남자	그러니까 보러 가려는 거예요.
	(사이)
	엄마.
늙은 여자	나보고 길잡이가 되어 달라는 거냐?
	그래서 풀어준 거고?
	(젊은 남자가 고개를 끄덕이자)
	좋아. 그러면 조건이 하나 있다.
	(젊은 여자를 가리키며) 죽여라.
젊은 남자	(화들짝 놀라며) 뭐라고요?
	어머니. 진심이세요?
늙은 여자	왜 겁나? 또 겁이 나는 게로구나.
젊은 남자	옳지 않은 일이잖아요. 심지어 지금 자고 있어요.
늙은 여자	내가 말했지. 너도 네 살길을 찾아야 한다고.
젊은 남자	저 살자고 다른 사람을 죽여야 하나요?
늙은 여자	필요하다면 해야지.
	너도 이제 세금을 내야 하지 않겠니?

대가를 치러야지.

젊은 남자	대가요? 제가요? 대체 왜 그래야 하는데요?
늙은 여자	이대로 모두가 다 떠나면 그 책임은 오로지 누가 지는 거지?
젊은 남자	(숲 너머를 가리키며) 아까 간 아저씨?
늙은 여자	물론 그 인간도 찾겠지. 하지만 너는 안 찾을 것 같아?

거기다 너는 근무 중에 무단이탈한 거 아니냐?

젊은 남자	저를 찾겠죠.
늙은 여자	너를 쫓을 거야.
젊은 남자	제가 진실을 보고 와서 진실을 이야기한다 해도.
늙은 여자	너의 말을 무시하겠지.

늘 그래왔어. 안 그러니?

| 젊은 남자 | 나를 무시했다고요? |
| 늙은 여자 | 그리고 전쟁이 계속되기를 원하지. |

그래야 자기가 계속 완장을 차고 대장 놀이를 할 수 있으니까.

| 젊은 남자 | 정말 그럴까요? |
| 늙은 여자 | 지금이 아니면 자기가 언제 사내들 위에서 이래라저래라 |

대장 노릇을 할 수 있겠어?

전쟁이 있다고 계속 말하잖아.

그 남자는 직접 전방에 다녀왔다지만 저 여자는 자기가 직접 본

것도 아닌데 계속 너를 무시하고 명령조로 말하지 않니?

잘 생각해봐. 전쟁이 있다고 말하면서 너를 괴롭히고 너를 부려먹고

있어. 너를 이용하고 있는 거야.

(젊은 남자가 어찌할 줄 몰라 하자) 저 여자는 이 숲을 사랑하지 않아.

이 숲을 사랑하지 않는다고!

젊은 남자   그래서 난 지금 어떻게 해야 하는데요?

(사이)

엄마.

늙은 여자   죽여.

젊은 남자   모, 못해요.

늙은 여자   그러면 너는 숲을 나갈 수 없어.

나도 너를 도울 수 없고.

(사이)

아들.

이 엄마는 아들이 평생 도망 다니면서 살게 하고 싶지 않아.

그래도 못한다면 어쩔 수 없지.

괜찮아. 이 엄마는 우리 아들 편이야.

사람을 죽인다는 게 사실 아무나 할 수 있는 일인가?

너는 아직 겁이 많고 아이 같아서 아마 못할 거다. 어쩔 수 없지.

내가 그렇게 키운걸. 다 내 탓이다. 다 내 탓이야.

젊은 여자에게 달려드는 젊은 남자

두 손으로 젊은 여자의 목을 조른다.

순간 깜짝 놀라 팔과 다리를 허우적대는 젊은 여자

숲 너머에서 짐승들이 우는 소리가 난다.

늙은 여자   잘한다! 죽여! 죽여! 죽여!

숲에서의 짐승 우는 소리도 더욱 시끄럽게 들린다.

늙은 여자   (젊은 남자가 숲을 바라보자) 걱정하지 마. 몇 초만. 조금만 더 하면 너를
괴롭혔던 저 무서운 소리도 더 이상 들리지 않을 거야.

팔다리가 축 늘어지는 젊은 여자
거친 숨을 쉬며 그런 젊은 여자를 내려다보는 젊은 남자
숲에서는 여전히 알 수 없는 짐승의 소리가 난다.

3장

일출 즈음.
고요하다. 아니, 너무 조용하다.
여전히 바닥에 놓여 있는 젊은 여자의 시체
그 앞에서 의자에 앉아 자고 있는 젊은 남자

새가 지저귀고

젊은 남자, 눈을 뜬다.

크게 하품을 하고

기지개도 한 번 켠다.

그리고 주변을 두리번거린다.

젊은 남자   엄마. 나 배고파.

          (아무 대답이 없자) 엄마?

갑자기, 숲 너머에서 무언가 큰 소리가 들린다.

두려움에 혼자 비명을 지르는 젊은 남자

잠시 후, 다시 정체를 알 수 없는 소리가 난다.

바닥에 떨어진 막대기를 집는 젊은 남자

젊은 남자   누, 누구냐?

          (대답이 없자) 어, 엄마?

          (주변을 두리번거리며) 엄마. 어디 있어? 엄마?

다시 조용해진 숲

젊은 남자   (눈을 감으며) 안 보인다. 안 보인다.

          (두 손으로 귀를 가리며) 안 들린다. 안 들린다.

(심호흡을 크게 한 번 한 후) 안 무섭다. 안 무섭다.

숲은 아무 말도 하지 않고 있다. 그저 젊은 남자를 바라만 보고 있을 뿐.

젊은 남자   엄마?

(사이)

대장님?

(사이)

아저씨?

(사이)

아무도 없어요?

숲 안쪽에서 젊은 남자의 목소리가 차례대로 메아리가 되어 다시 돌아온다.
자신의 목소리에 소스라치게 놀라는 젊은 남자

젊은 남자   귀, 귀신?

귀, 귀, 귀신이다! 귀신이야!

살려주세요! 살려주세요!

아무도 없어요?

누가! 누가! 좀!

와줘요! 제발!

나 좀 구해줘요! 나 좀! 살려줘요!

메아리 소리 역시 점점 커진다.

젊은 남자   무서워요! 무서워!

나 무서워!

(사이)

엄마!

아저씨!

대장님!

(사이)

아, 아무도 없어요?

(사이)

저기요? 여보세요?

저 여기 있어요. 나 여기 있다고요.

똑같은 메아리만이 똑같이 반복될 뿐이다.

두려움에 혼자 벌벌 떠는 젊은 남자

어두워지는 숲

서서히 암전

END

중국인 구별하는 법

[배경]

전 지구적인 코로나 사태[1]가 막 끝난, 현재

[등장인물]

연출가

극장주인

남자배우

여자배우

노파

중국인

장군

부관

그리고 작가

[무대]

무대 한가운데에 큰 나무 하나가 서 있다.

---

1) 'COVID-19'.

1막

극장 전체가 아주 밝다.

무대 위, 큰 나무에 여자배우가 묶여 있다.

그 나무 앞에서 연출가와 남자배우가 서로 마주 보며 무언가 이야기를 나누고 있다.

관객들이 하나둘 극장 안으로 들어와 자기 자리에 앉는다.

노파   (자리에 앉아 있는 중국인을 보며) **실례합니다.**

         (중국인이 앉아 있는 자리를 가리키며) **여기. 제 자리 같은데요.**

         (중국인이 아무 말 없이 노파를 바라만 보자) **제 자리라고요. 내 자리!**

         (중국인이 머리를 가로젓자) **본인 자리 맞아요? 아니죠? 아니잖아요!**

         그 자리는 당신 자리가 아니에요.

앉은 자리에서 일어나 바로 그 옆자리로 옮겨 앉는 중국인

노파   **세상에! 도대체 당신 자리가 어디에요?!**

         그렇게 아무 데나 막 앉아도 되는 거예요?

         (중국인이 외면하며 대답이 없자) **이봐요! 사람이 묻잖아요!**

         왜 아까부터 말을 안 하는 거예요? 나 무시하는 거예요?!

연출가	(무대 위에서 관객석의 노파를 보며) 어르신. 왜 그러시죠?
	무슨 문제라도 있으신가요?
여자배우	나는 묶여 있다.
	그대들은 자유롭다.
	나는 죽을 것이다.
	그대들은 살 것이다.
	하지만 나는 슬프지 않다.
	그대들도 기쁘지는 않을 것이다.
	나는 드디어 이 고통에서 벗어나지만, 그대들은 아직 알 수 없을 터.
	보고 듣고 느끼며 당연하게 알던 이 세상이 어떻게 끝날지.
	그대들의 운명 또한 어떤 종말을 맞이할지.
노파	(중국인을 가리키며 무언가 말을 하려다가) 아니에요. 괜찮아요.
연출가	정말 괜찮으세요?

손사래를 치며 중국인이 앉았던 자리에 앉는 노파

남자배우	뭐예요?
연출가	몰라. 하여간 노인네들…
남자배우	(관객석을 보며) 이제 다 온 건가요?
	사람들이 좋아하겠죠?
연출가	왜? 걱정돼?
남자배우	(노파를 가리키며) 어르신들은 과연 이해를 하실까요?

연출가	그건 또 무슨 편견이야? 나이 많은 사람 무시하는 거야?
	배우가 그러면 안 돼.
남자배우	옆에 있는 사람이 설명해 주겠죠?
노파	(혼잣말로 궁시렁거리며) 어차피 아무 데나 앉을 거…
	앉을 곳도 많은데 왜 하필 딱 바로 옆이야? 나 참 기가 막혀서

중국인은 미동조차 하지 않는다.

연출가	중국 사람이네.
남자배우	중국 사람이요? 혹시 아는 사람이세요?
연출가	아니.
	(사이)
	하지만 확실해. 중국 사람이야.
남자배우	왜요?
연출가	그렇게 생겼어. 보면 딱 알지.
	모름지기 배우라면 눈썰미가 있어야지.
	(사이)
	배우가 그러면 안 돼.
여자배우	나 팔 아파요.
연출가	(박수를 치며) 시작하지!

무대에서 관객석 쪽으로 내려가는 연출가

극장 전체 조명이 모두 꺼진다.

잠시 후,

여자배우의 비명과 함께 무대가 밝아진다.

여자배우가 나무에 묶여 있다.

남자배우	(무대 뒤에서 횃불을 들고 나타나) **마지막으로 묻겠다!**
	바른대로 답하거라!
여자배우	**살려주세요! 제발 살려주세요!**
남자배우	**이 마녀! 바른대로 답하거라! 너는 마녀냐?!**
여자배우	**아닙니다! 저는 마녀가 아닙니다! 저는 악마를 숭배하지도 않고**
	마술 또한 부릴 줄 모릅니다. 믿어주십시오! 저는 마녀가 아닙니다!
남자배우	**끝까지 거짓말이로구나! 거짓에 능하다는 것은 마녀라는 증거!**
	이런데도 네년이 마녀가 아니라고 발뺌할 테냐!
여자배우	**대체 제가 어떻게 해야 제가 마녀가 아니라는 걸 믿겠습니까!**
	정말입니다! 믿어주십시오! 저는 마녀가 아닙니다!
남자배우	**흥! 좋다!**
	그렇다면.

이때, 관객석에서 전화벨 소리가 울린다.

노파	(전화를 받으며) **여보세요! 나 지금 공연 보는 중이야. 뭐? 뭐라고?!**

연출가	(순간 아무것도 안 하고 멀뚱히 서 있는 남자배우를 보며) **뭐해!**
	그냥 계속해!
남자배우	주기도문을 암송해 보아라. 어서!
여자배우	하, 하늘에 계신 거룩한 아버지. 우, 우리 아버지의 이름을.
노파	공연 보고 있다고. 공연! 연극! 연극 말이야!
여자배우	거, 거북히
노파	김치!
여자배우	여, 여김을
노파	김치! 김치!
여자배우	받으시오며?
노파	김치 보냈다고. 김치!
연출가	(관객석에 앉아서) **컷! 컷!**
	(노파를 쳐다보며) **할머니! 지금 뭐하시는 겁니까?!**
노파	(전화를 끊으며) 미안합니다. 내 목소리가 너무 컸나요?
여자배우	할머니. 좀 조용히 좀 하세요.
노파	할머니라니!
연출가	(자리에서 일어나 나머지 관객들에게 사과를 하며) **죄송합니다.**
	정말 죄송합니다. 시작한 지 얼마 안 되었으니까 처음부터 다시
	시작하도록 하겠습니다. 부탁입니다. 핸드폰은 꼭 꺼 주십시오.
노파	(혼잣말로 궁시렁거리며) 할머니라니. 사람을 겉만 보고 할머니라니.
연출가	(박수를 친 후) **자! 처음부터 다시 가겠습니다! 파이팅! 힘내자!**
남자배우	처음부터 다시 요? 완전히 맨 처음부터?

	(아쉬운 목소리로) 오랜만에 첫 꿋발이 좋았는데…
연출가	첫 꿋발은 개 꿋발인 법이야.
남자배우	이왕 이렇게 된 거 아예 처음부터
	(여자배우를 가리키며) 제가 선배를 끌고 나와서 나무에 묶는 것
	부터 시작하면 안 될까요?
여자배우	싫어. 너 나 만지지 마.
남자배우	감정이 안 생겨서 그래요. 감정이. 지금 갑자기 이렇게 뚝 끊겼잖아요.
여자배우	너 은근슬쩍 나랑 스킨쉽 하려고 그러는 거지?
	안 돼. 싫어. 하지 마. 나 너 싫어. 꼴도 보기 싫어.
연출가	그냥 아까처럼 해.
남자배우	내용이 변하는 건 아니잖아요.
여자배우	하던 대로 해! 멋대로 하려고 하지 말고!
남자배우	배우에게도 자율권을 주세요!
연출가	그냥 시키는 대로 해요.
노파	공연 시작 안 해요?
여자배우	할머니!
남자배우	나는 선배 생각해서 그런 거예요.
여자배우	미친놈. 나는 걸고넘어지지 마.
남자배우	그래야 선배가 돋보이니까!
여자배우	(코웃음을 치며) 웃기고 있네! 고양이 쥐 생각하는 것도 아니고…
	공연을 빙자해서 사사로운 개인적 욕망을 해소하려고 하지 마!
남자배우	욕망?

	나는 화해를…
여자배우	닥쳐.
노파	다들 왜 아까부터 싸우고 그래요?
	싸우지들 말아요.
연출가	연극이라는 게 원래 이런 겁니다.
	무대 위 사람들이 처음부터 끝까지 싸우는 것.
노파	가벼운 마음으로 보러 온 건데…
	힘드네. 벌써부터 힘들어.
여자배우	제발 조용히 좀 하세요!
	그래도 할머니는 편하게 자리에 앉아 있잖아요.
	하루 종일 선 채로 나무에 묶인 저는 얼마나 힘든지 알아요?
	무대 위에서 공연하는 우리가 더 힘들다고요.
남자배우	(작은 목소리로) 내가 있잖아—
여자배우	만지지 마. 오지 마. 말도 걸지 마.
노파	그런데 말이에요.
	혹시 지금도 이거 연극하고 있는 거예요?
	아니면, 아닌 거예요?
연출가	(노파를 애써 무시하며) 자, 가겠습니다. 처음부터 다시 갑니다.
노파	보는 게 더 힘든데 뭘 자기가 더 힘들다고 해.
	다들 자기가 제일 힘들다고 하지.
	(사이)
	잘못 왔네. 잘못 들어 왔어.

연출가	하나.
	둘.
	셋.

남자배우가 무대 뒤로 퇴장한다.

다시 어두워진다.

여자배우의 비명과 함께 무대가 밝아진다.

여자배우가 나무에 묶여 있다.

남자배우	(횃불을 들고 나타나) 마지막으로 묻겠다. 바른대로 답하거라.
여자배우	살려주세요! 제발 살려주세요!
남자배우	이 마녀! 바른대로 답하거라! 너는 마녀냐?!
여자배우	아닙니다! 저는 마녀가 아닙니다! 저는 악마를 숭배하지도 않고
	마술 또한 부릴 줄 모릅니다. 믿어주십시오! 저는 마녀가 아닙니다!
남자배우	끝까지 거짓말이로구나! 거짓에 능하다는 것은 마녀라는 증거!
	이런데도 네년이 마녀가 아니라고 발뺌할 테냐!
여자배우	대체 제가 어떻게 해야 제가 마녀가 아니라는 걸 믿겠습니까!
	정말입니다! 믿어주십시오! 저는 마녀가 아닙니다!
남자배우	흥! 좋다!
	그렇다면 주기도문을 암송해보아라. 어서!
여자배우	하, 하늘에 계신 거룩한 아버지. 우, 우리 아버지의 이름을.
	거, 거북히

	여, 여김을
	(사이)
	아, 아닙니다! 틀린 것 같습니다! 다, 다시 하겠습니다!
남자배우	그것 보아라! 주기도문 하나 제대로 읊지 못하고 있지 않느냐!
	마녀가 아니라면 주기도문을 모르지 않을 터!
여자배우	지금 너무 무서워서 그렇습니다! 부탁입니다!
	이 나무에서 풀어 주십시오! 지금 너무 두렵고 가슴이 떨려
	제대로 생각을 하고 말을 하기가 힘이 듭니다!
남자배우	어림없는 소리!
여자배우	그, 그렇다면 한쪽 팔이라도! 한쪽 팔이라도 풀어 주십시오!
	부탁드립니다. 그러면 제가 마녀가 아니라는 것을 증명해 보이겠습니다.
남자배우	간사한 마녀. 니 년의 속셈을 모를 것 같으냐!

두려움과 답답함에 흐느껴 울기 시작하는 여자배우

노파	세상에─ 딱해라─
남자배우	(자기도 모르게 노파 쪽을 한 번 본 후)
	조, 좋다!
	마녀를 재판하는데, 도덕적으로 우월한 내가
	마녀 앞에서 못되게 굴 수는 없지.
	(마지못한 표정으로 여자배우에게 다가가) 한쪽 팔만 풀어 주도록 하겠다.
	(잘 안 풀리자) 어! 이거 왜 이래?

(생각보다 안 풀리자) 왜 안 돼?

(사이)

에잇! 신의 뜻이다! 그냥 죽어라!

나무에 불을 붙이는 남자배우

여자배우, 불에 타며 괴로워한다.

불타는 조명과 시끄러운 음악이 극장을 가득 메운다.

핀 조명만 남긴 채 나머지 조명은 다 꺼진다.

극장주인	(관객석 뒤쪽에서 급하게 무대 쪽으로 뛰어가며) 불 켜! 빨리 불 켜!
남자배우	(아무렇지 않은 척) 불이 잘 타는구나! 활활! 아주 잘 타고 있어!
	태워라! 저 마녀를 태워라! 모든 것을 다 삼켜 버려라!
극장주인	(무대 위로 올라가며) 불 켜! 빨리 불 켜!
	(남자배우를 보면서) 불 꺼! 어서 불 꺼!
	(다시 관객석을 보며) 불 켜! 불 켜라고!
남자배우	부, 불이요?
극장주인	불 켜!
	(나무를 가리키며) 그러니까 불 끄라고!
	불 켜!
	불 끄라고!

순간, 핀 조명마저 꺼진다.

노파	(암전 상태에서 관객석에 앉은 채) 지금 이게 다 뭐예요?
연출가	(역시 암전 상태에서) 씨발! 당장 조명 다 안 켜?! 빨리 켜!

다시 무대 위 조명이 모두 켜진다.

남자배우가 무릎을 꿇은 채 극장주인을 꽉 붙잡고 있다.

그 뒤, 나무에는 여자배우가 여전히 묶여 있다.

연출가	(극장주인을 가리키며) 당신 뭐야?! 지금 뭐 하는 거야?!
노파	이것도 공연의 일부분인가요?
연출가	아닙니다. 절대 아닙니다.
노파	(혼잣말로) 어렵네. 너무 어려워.
연출가	(관객들에게 머리를 조아리며) 죄송합니다. 여러분. 정말 죄송합니다.
	(무대 위로 성큼 걸어가며) 당신! 지금 뭐 하는 거야?!
	방금 무슨 짓을 했는지 알기나 해?!
여자배우	(기진맥진한 표정으로) 끝났어요? 드디어 끝난 거예요?
연출가	(여전히 극장주인을 꽉 붙잡고 있는 남자배우의 손을 잡아 뜯은 후.
	여자배우를 가리키며) 쟤 나무에서 풀어 주고 있어.

나무로 가 여자배우를 풀어 주려 하는 남자배우

연출가	(극장주인을 가리키며) 대체 이게 무슨 짓이에요?!
	받고 싶은 만큼 대관료를 못 받아서 이래요?

여자배우	빨리 풀어! 숨을 못 쉬겠어. 너무 힘들단 말이야.
극장주인	(거친 숨을 몰아쉬며) 흥분하지 말아요.
남자배우	(거친 숨을 몰아쉬며) 흥분하지 말아요.
여자배우	지금 흥분을 안 하게 생겼어?!
연출가	지금 흥분을 안 하게 생겼어?!
	저 많은 관객들 앞에서 지금 이게 무슨 짓이야?!
극장주인	난 여러분들을 구하려고 뛰어온 겁니다.
연출가	당신 때문에 내가 죽게 생겼어!
여자배우	진짜 죽을 것 같아! 빨리 풀라고!
연출가	이 공연마저 망하면 나 진짜 죽어요. 죽는다고!
남자배우	흥분하지 마요. 제발─
극장주인	흥분하지 마요. 제발─
	흥분하지 말고 내 말 잘 들어요.
	지금!
연출가	지금!
여자배우	뭐 하는 거야?! 병신새끼. 왜 이리 못 풀어?!
극장주인	흥분하지 말라니까.
연출가	빨리 말해요!
여자배우	빨리 풀라고!!
극장주인	큰일 났어요!
남자배우	큰일 났어요!
연출가	큰일 났어요! 맞아! 큰일 났지! 당신 때문에!

극장주인	(말을 더듬으며) 그, 그게 아니라!
연출가	(답답해하며) 대체 뭔데요?!
여자배우	대체 뭔데?!
극장주인	전쟁이 났어요.
남자배우	못 풀겠어.
연출가	전쟁?!
	저, 전쟁이요? 빵야. 빵야. 전쟁?
	(극장주인이 고개를 끄덕이자) 지금 대체 뭐라는 거야?!
여자배우	뭐라고?!
남자배우	어떡해. 너무 단단히 묶였어.
연출가	전쟁이 났다고요. 진짜 전쟁이요.
남자배우	못 풀겠어. 진짜 못 풀겠어.
연출가	진짜요?
여자배우	정말?!
연출가	그럼 어떻게 해야 하는 겁니까?
여자배우	그래서 어쩌라고?
극장주인	저도 모르겠습니다.
남자배우	나도 몰라.
연출가	전쟁?
여자배우	씨발!

이때, 우레와 같은 굉음과 함께 무언가 폭발하는 소리가 크게 울려 퍼진다.

조명도 소리에 맞춰 꺼졌다가 켜지기를 반복한다.

번쩍이는 조명과 함께 무시무시한 소리가 극장을 가득 채운다.

혼비백산하며 비명을 지르는 무대 위의 사람들

연출가는 극장주인을 손을.

여자배우는 남자배우의 손을 꼭 잡는다.

극장주인	전쟁이다!
여자배우	엄마!
연출가	안 돼!!
남자배우	미안해. 미안! 으악!! 죄송합니다!!

어두워진다.

순간 고요해진다.

서서히 다시 밝아진다.

나무에 여전히 묶여 있는 여자배우는 멍한 표정으로 하늘 위로 올려 보고 있다.

나머지 세 사람은 고개를 숙인 채 푹 바닥에 엎드려 있다.

여자배우	씨발! 언제 끝나?
남자배우	(고개를 슬며시 들며) **끄, 끝났나?**
	(여자배우에게 달려가며) **자기야, 괜찮아?!**
극장주인	(일어나 주위를 두리번거리며) **극장! 내 극장!**

극장 모든 곳, 관객석의 조명까지 모두 다 켜진다.

극장주인   (관객석으로 내려가 관객들이 앉은 곳 하나하나를 돌아다니며)

내 극장! 오, 신이시여!

내 의자!

내 바닥!

내 통장!

내 잔고!

내 은행 빚!

내 대출 이자!

(출입문을 열고 극장을 아예 퇴장하며) 내 차! 내 할부금!

남자배우   (멍한 표정으로 답이 없는 여자배우를 흔들며) 자기야! 괜찮아?

선배! 선배!!

(여자배우의 뺨을 때리기 시작한다.)

연출가   (조심스레 천천히 몸을 일으켜 모든 것을 지켜본 후, 박수를 치면서)

하하하하! 아하하하하하! 하하하하하하하하하!

(사이)

여러분! 놀라셨죠? 어떠셨습니까?!

여러분! 괜찮습니다! 이제 안심하셔도 됩니다.

이 모든 게 다 제가 의도한 겁니다. 제가 연출한 겁니다.

새뮤얼 베케트도 저리 가라! 외젠 이오네스코도 저리 가 버려라!

가라! 다 가 버려라!

새로운 연극! 전례 없던 시도!

여러분께서는 사실 지금 이 천재 연출가의

새로운 연극을 보고 계신 겁니다!

남자배우   (흐느끼며) 달링! 오! 마이 달링!

세상을 다 가진 것처럼 웃기 시작하는 연출가

세상 모든 것을 토해내듯 헛구역질을 하기 시작하는 여자배우

고개를 돌려 웃음을 멈춘 연출가가 쳐다보자, 구토물을 마구 쏟아내는 여자배우

여자배우의 입에서 나온 토사물이 바로 옆 남자배우와 연출가의 발을 적신다.

관객석에서 갑자기 들려오는 단말마.

중국인   (바로 옆 쓰러진 노파를 가리키며) 여기! 여기!! 사람! 사람!!

연출가   뭐? 뭐라고?

중국인   사람이… 여기 사람이!

축 늘어진 여자배우의 얼굴을 매만지며 흐느끼는 남자배우

이때, 우레와 같은 굉음과 함께 무언가 폭발하는 소리가 크게 울려 퍼진다.

조명도 소리에 맞춰 꺼졌다가 켜지기를 반복한다.

번쩍이는 조명과 함께 무시무시한 소리가 극장을 가득 채운다.

혼비백산하며 비명을 지르는 무대 위의 사람들

비명은 바로 침묵으로 이어진다.

암전

2막

서서히 밝아진다.

무대 위에는 아무도 없고

나무 역시 아무것도 걸려 있지 않다.

작가가 천천히 뒷짐을 지며 등장한다.

무대 위를 하릴없이 왔다 갔다 하다가 무슨 생각이 떠올랐는지,

나무 가까이 다가가 그것을 유심히 바라본다.

작가　　　(무언가를 입 밖으로 짧게 내뱉은 후) 이건 아닌데…

　　　　　내가 머릿속에 그린 건 이게 아닌데.

　　　　　엉뚱한 것을 떡하니 무대 한가운데에 박아 놓아 버렸구나…

　　　　　(혀를 차며 뒷걸음을 치더니 갑자기 관객들을 보며)

　　　　　여러분들은 모르시겠지만, 방금 저 여러분의 등 뒤 출입문이

　　　　　닫히자마자 뉴스 속보가 떴습니다.

　　　　　(괜히 차분한 목소리로) 전쟁이 났습니다.

　　　　　네. 전쟁입니다.

　　　　　(괜히 두 손을 번쩍 들며) 여러분! 전쟁이 터졌습니다!

　　　　　전쟁이 터졌다고요!

전쟁이다! 전쟁! 전쟁!

워! 워!

(개를 달래듯이) 워ー. 워ー. 워ー.

(관객을 달래듯이) 진정하십시오. 진정하세요.

물론 지금 매우 혼란스럽다는 거 압니다. 이해가 전혀 안 되시겠죠.

솔직히 살아생전 이러한 경험은 한 적이 없으니까요.

대체 이게 뭡니까? 이 모든 게 말이 된다고 생각하십니까?!

아니죠?!

(고개를 끄덕이며) 맞아요! 맞습니다! 당연한 반응입니다.

지금 이건 다 말이 안 됩니다. 하나같이 우스꽝스러울 뿐입니다.

전쟁이라니?!

백주 대낮에 갑자기 전쟁이라니!

과연 이게 다 사실일까요? 세상천지에 이런 거짓말이 또 있을까!

(사이)

그런데 말입니다.

(사이)

세상에는 그런 것도 존재합니다.

(사이)

진짜 거짓. 말입니다.[2]

---

2) '진짜 거짓말'로 들려도 상관없다.

고개를 돌려 나무를 다시 바라보는 작가

나뭇가지 하나를 꺾는다.

작가 　　　　(꺾은 나뭇가지를 관객들에게 보이며) 이건 어떻습니까?

　　　　　　이 작은 나뭇가지가 지금 여러분에게는 무엇입니까?

　　　　　　당신들 모두에게 어떤 의미죠?!

　　　　　　(사이)

　　　　　　그 생각이 옳을까요?

　　　　　　아니, 맞기는 할까요?

　　　　　　아니요. 아닐 겁니다.

　　　　　　어떻게 아냐고요?!

　　　　　　빌어먹을. 제가 바로 작가입니다. 이 망할 연극을 쓴

　　　　　　창조주란 말입니다.

　　　　　　내가 썼어! 내가 썼다고!

　　　　　　(사이)

　　　　　　다시 한 번 물어보지요.

　　　　　　맞는 것 같아요?

　　　　　　이 나뭇가지가.

　　　　　　당신이 생각하는 그것이 정답이고 진실인 것 같냐 이 말입니다.

아무 대답도 없다.

또한, 작가가 내놓는 정답도 없다.

다시 나무를 바라보는 작가

암전

3막

어두운 상태에서 경보음이 울린다.

작가   (목소리만) 아! 아! 마이크 테스트! 마이크 테스트!

알립니다! 알립니다!

(헛기침을 한 번 한 후) 극장에 계신 관객 여러분께 알립니다.

중국이 우리나라를 침공했습니다. 다시 알려드립니다.

중국이 우리나라를 침공했습니다!

조명이 서서히 밝아진다.

작가   (목소리만) 전쟁입니다. 방금 전쟁이 일어났습니다.

모두 동요하지 마시고 건물 밖으로 섣불리 나서지 마십시오.

다시 알려드립니다!

전쟁이 일어났습니다!

중국이 우리를 침공했습니다! 중국이 우리나라를 침공했습니다!

무대 위 나무에는 아무것도 걸려 있지 않다.

여자배우는 시체처럼 반듯하게 나무 앞 바닥에 눕혀져 있다.[3]

바로 그 옆으로 노파도 반듯하게 바닥에 눕혀져 있다.

작가   (목소리만) 모두들. 자리에서 일어나 주십시오.

              다시 말씀드립니다. 모두들. 자리에서 일어나 주십시오.

연출가와 남자배우가 관객석으로 내려와

관객들에게 자리에서 일어날 것을 일일이 유도한다.

관객석 조명이 하나둘 켜진다.

작가   (목소리만) 지금 밖은 적들의 폭격으로 아수라장입니다.

              만일의 사태를 대비해 저희 극장도 폭격에 대비하여 여러분들을

              안전한 곳으로 모시려 합니다.

              자리에서 일어나 무대 위로 올라가 주십시오.

---

3) 존 에버렛 밀레이의 그림 《오필리아》 속 오필리아 같은 모습이다.

관객들에게 무대 위로 올라갈 것을 권하는 연출가와 남자배우

작가   (목소리만) 천천히. 안전하게. 순서를 지키며 무대 위로 올라가 주십시오.

그리고 절대! 밖으로 나가지 마십시오! 다시 말씀드립니다.

절대 극장 밖으로 나가지 마십시오. 밖은 지금 지옥입니다.

모두들 무대 위로 올라가 주십시오. 무대 위는 안전합니다.

저 무대 위에서 셀 수도 없이 많은 세계와 인물들이 나타났다가

사라졌습니다.

하지만! 제 무대만은 멀쩡합니다!

카인이 아벨을 죽이고.

오이디푸스가 자신의 두 눈을 뽑고,

메데이아가 자신의 운명을 저주하고,

로미오와 줄리엣이 사랑을 나누고,

벚꽃 동산이 피었다가 지고,

노라가 인형의 집을 떠나고,

세상 이 모든 것이 고작 유리 동물원에 불과할지언정

저 무대만은 살아남았습니다.

그렇습니다! 그러니 어서 무대 위로 올라오십시오!

세상에서 가장 안전한 무덤으로! 오십시오! 올라오십시오!

연출가와 남자배우

그리고 모든 관객들이 무대 위로 올라와 앉는다.

무대 위로 핀 조명 몇 개만 켜지고 나머지는 다 꺼진다.

(관객석을 비추는 조명은 계속 켜져 있다.)

연출가   (누워 있는 여자배우에게 시선을 떼지 못하는 남자배우에게 다가가)

언제부터야?

남자배우   뭐, 뭐가요?

연출가   둘 사이… 그렇고 그렇게 된 거.

남자배우   그렇고 그렇다뇨?

(사이)

무슨 말인지 모르겠는데요.

연출가   (남자배우에게 뭐라고 한마디 하려다 자신의 앞을 지나가는

중국인에게 시선을 돌린다.)

절뚝거리며 걷는 중국인

연출가   어디 가시게요?

중국인   화장실….

연출가   화장실은 왜요?

중국인   약….

연출가   뭐요?

중국인   약! 약!

연출가   (무대 뒤쪽을 가리키며) 대기실 지나면 화장실이 있습니다.

거기로 가세요.

다리를 절뚝이며 무대 뒤로 사라지는 중국인

남자배우	괜찮을까요?
연출가	전쟁이 났다잖아. 건물 밖 화장실은 못 쓰니 어쩔 수 없지.
남자배우	정말 괜찮을까요?
연출가	다리를 저는 게 수상하긴 하지만⋯
	지켜봐야지.
남자배우	죽지는 않겠죠?
연출가	약 먹는다고 갔는데 뭘—
남자배우	약을 먹으면 진짜 나아질까요?
연출가	지금 너 뭘 보고 있는 거야?
남자배우	(누워 있는 여자배우를 내려다보며) 오필리아! 오! 나의 오필리아!
	일어나시오! 이제, 그만 일어나요! 나를 위해! 한시라도 빨리!

이때, 출입문이 벌컥 열리더니
장군과 부관이 절도 있게 무대 쪽을 향해 걸어오기 시작한다.
그 뒤를 따라오는 극장주인
열린 출입문 밖으로 폭발음이 들린다.
서둘러 출입문을 닫는 극장주인
장군과 부관, 텅 빈 관객석을 지나 무대 위로 올라온다.

연출가	당신들은 또 누굽니까?
	(뒤따라 온 극장주인을 보며) 이 사람들 뭐예요?
부관	일동! 차렷!

순간, 무대 위 조명들이 다 켜진다.

부관	일동! 차렷!

핀 조명 몇 개만 제외하고 다시 나머지 조명이 꺼진다.

연출가	(부관과 장군을 번갈아 보며) 이봐요— 당신들 대체 누굽니까?!
부관	무엄하다!
	이 분으로 말할 것 같으면
	이 도시를 방어하는 도시방위군 제6구역 후방지원 담당 장군!
장군	(손사래를 치며) 아. 됐네. 됐어.
	(무대 위 모든 사람들을 훑어보며) 열중쉬어— 다들 편하게 있게—
극장주인	관객분들은 다 안전한 겁니까?
연출가	다친 사람은 없습니다. 사라진 사람도 없고요.
극장주인	오, 신이시여! 감사합니다!
남자배우	(여자배우 옆으로 다가가 무릎을 꿇으며) 쓰러진 사람이 있습니다!
장군	무엇이! 다친 사람이 있어?
연출가	그냥 기절한 것뿐입니다. 다들 무사합니다.

극장주인	지금 어디 있는데요?! 설마 죽어가는 건 아니겠지요?
연출가	말했잖아요. 그냥 기절한 것뿐이라고.
극장주인	오, 신이시여! 감사합니다!
	내 극장에서 사람이 죽는다면, 그건 정말이지 상상하기도 싫어요!
	돈! 내 돈!
연출가	지금 돈이 중요합니까?
극장주인	그러면 뭐가 중요한데? 말해줘. 지금 나에게 가장 중요한 게 대체
	뭐지?
연출가	(장군과 부관을 가리키며) 이 사람들은 왜 이 무대 위에 올라온 거예요?
부관	무엄하다! 예의를 지켜라!
	(장군을 가리키며) 이분으로 다시 말할 것 같으면.
장군	아. 됐다니까. 쑥스럽게….
연출가	(부관에게 다가가) 아까부터 말투가 왜 그렇지?
	대체 무슨 자격으로 이러는 겁니까?

연출가를 때리는 부관

괴로워하며 바닥에 고꾸라지는 연출가

극장주인	(연출가에게 달려가며) 세상에! 사람을 때리다니!
부관	장군님! 지금 무전을 하나 들어왔습니다.
장군	그래? 뭐라고 하나?
부관	(잠시 한 손으로 귀를 막고 무전을 듣더니)

이곳에, 지금 이곳에 적이 있을 수도 있다고 합니다.

장군   무엇이?! 적!

극장주인   (쓰러진 연출가를 부축하며) 이봐요! 사람을 때리면 어떡합니까!

장군   조용히 하시오.

극장주인   아까도 말했잖아요. 이 극장에서 사람이 죽거나 다치면 안 됩니다.

           보험사가 좋아하지 않을 거라고요.

부관   중국인이! 중국인이 우리 중에 있다고 합니다!

장군   무엇이! 중국인?!

연출가   (장군에게 달려들며) 지금 대체 뭐 하는 짓이야!

           여긴 내 연극이야! 내 공연이라고!

부관   (장군에게 달려드는 연출가를 다시 제압해 바닥에 고꾸라뜨리고는)

           확실합니다.

           이곳에 중국인이 하나 있다고 합니다.

           첩자일 수 있습니다. 후방의 첩자 말입니다.

장군   좋다! 공훈을 세울 수 있는 좋은 기회다!

           명령을 내리겠다!

부관   (경례를 하며) 하명하십시오!

장군   그 중국놈이라는 녀석이 바깥 주차장이나 화장실에 숨어 있을 수도

           있다.

           지금 즉시 나가서 녀석이 숨어있을 만한 곳을 샅샅이 찾아보도록.

장군의 말이 끝나자마자 무대에서 내려가 출입문으로 뛰어가는 부관

부관이 관객석을 지나치자 무언가 부서지는 소리가 크게 들린다.

출입문을 열고 밖으로 나가는 부관

극장주인　　　안 돼! 이게 무슨 소리야! 내 극장! 아직 빚더미인 내 극장!

　　　　　　　(관객석 쪽으로 내려가 좌석 하나하나를 쓰다듬는다.)

장군　　　　　(쓰러져 있는 연출가를 내려다보며) 이봐ー 괜찮소?

　　　　　　　그렇지 않냐 이 말이오?

연출가　　　　(겨우 다시 일어나며) 당신과 당신 부하.

　　　　　　　나중에 꼭 책임을 물을 겁니다.

장군　　　　　좋을 대로 하시오.

　　　　　　　지금은 전시상황이오. 전시!

　　　　　　　(관객들을 가리키며) 이 중에 적이 있다고 하오!

　　　　　　　그런데 아직 그게 누구인지 모른단 말이오!

　　　　　　　이 인간들 중에 적이 있다고! 이 년놈들 중에 말이야!!

극장주인　　　(다시 헐레벌떡 무대 위로 올라오며)

　　　　　　　지금 뭐 하는 겁니까?

　　　　　　　저 사람들은 우리 극장에 온 손님입니다!

연출가　　　　아니죠.

　　　　　　　더 정확히 말하면 내 공연을 보러 온 사람이죠.

장군　　　　　(헛기침을 하며) 다들 한가한 사람들이군.

연출가　　　　이 공연. 내 인생의 마지막일 수도 있는 아주 중요한 공연입니다.

　　　　　　　그런데 시작하자마자…

장군	(비꼬듯이) **중국놈들이 폭격으로 축포를 터뜨려 주었구만!**
극장주인	제발一 극장이 무사하기를一
	(무릎을 꿇고 두 손을 모아 머리를 숙인 채 기도를 하기 시작한다.)
장군	(무릎을 꿇고 기도를 하는 극장주인을 한심하게 내려다 보며)
	자! 자! 다들 걱정하지 마시오!
	(관객들에게 곁눈질을 하면서) **제가 구하러 왔습니다!**
	다치신 분이 정말로 없나요? 다들 멀쩡한 겁니까?
	(바닥에 눕혀져 있는 여자배우를 보며) **저 여자도 관객이오?**
	(연출가가 대답을 안 하자) **묻는 말에 대답하시오!**
연출가	배우입니다.
장군	배우? 여배우?
연출가	아까 말했지 않습니까.
남자배우	기절했습니다! 오필리아! 아! 나의 오필리아!
장군	(남자배우를 가리키며) **왜 저러는 거요?**
연출가	아직 공연 중입니다. 배역에서 못 벗어난 것뿐입니다.
장군	미쳐 버렸구만.
	(여자배우를 내려다보고 입맛을 다시며) **그냥 기절만 했다고?**
	(바로 옆 역시 누워있는 노파를 보며) **저건 또 뭐요?**
	저 사람도 배우요?
연출가	관객입니다.
장군	할머니군.
	(사이)

흥! 할머니한테는 관심 없소.

연출가   정말 예의라고는 눈곱만큼도 없군요.

장군   무릇 진정한 신사라면 숙녀를 에스코트해야 하는 법!

                    (출입문을 향해 크게 소리를 지르며) 부관! 부관!

부관   (출입문을 열고 관객석을 지나 무대로 뛰어오며) 부르셨습니까!

극장주인   (관객석에서 또 무언가 부서지는 소리가 들리자 벌떡 일어나 관객석에서 내려

                    가며) 오, 주님! 이건 또 무슨 소리입니까!

                    (다시 관객석 이곳저곳을 꼼꼼하게 살펴본다.)

장군   보고하라. 밖의 동정은?

부관   폭격이 잠시 멈췄습니다. 밖은 지금 조용합니다.

장군   다행이군.

                    그래서 적이 숨을 곳은 다 뒤져보았나?

                    (부관이 그렇다고 하자)

                    혼자 온 걸 보니 아직 못 찾았나 보군.

                    (부관이 그렇다고 한다. 관객석 어디선가 뭔가 부서지는 소리가 난다.)

                    흔적 또한 없던가?

                    (부관이 그렇다고 하자)

                    그럼 이 공간 밖에는 적이 없다는 뜻인가?

                    (부관이 그런 것 같다고 하자)

                    확실히 적이 이곳에 우리와 같이 있다고 들은 거지?

                    (부관이 그렇다고 한다. 관객석 어디선가 뭔가 부서지는 소리가 난다.)

                    극장에 적이 있는데 저 문밖으로는 없는 것이고?

(부관이 그렇다고 하자)

그럼 지금 여기 이 무대 위에, 저 인간들 중에 있다는 것이군?

(부관이 그렇다고 하자)

우리 중에 적이 있군.

(부관이 그렇다고 한다.)

극장주인　(관객석 가운데 자리 하나에 앉으며) 우리 손님들 중에

적이 있다는 겁니까?

장군　당신 머리는 붕어 머리요? 당연한 것 아니겠소.

극장주인　붕어요?

하긴…여기 앉아 있는 우리들을 보니 우리야말로

수조 안에 갇혀 있는 붕어 같기는 하군요

작가　(목소리만) 이봐! 극장주인 양반!

빨리 무대로 올라가! 거긴 위험해!

갑작스러운 작가의 목소리에 소스라치게 놀라는 장군과 부관

극장주인　시끄러워! 난 여기 있을 거야!

작가　(목소리만) 그곳은 위험해!

어서 무대로 올라가! 무대는 안전한 곳이라고.

극장주인　됐어! 필요 없어!

어차피 남의 무대! 남 좋은 일만 일어나는 곳이라고. 나한테는.

나는 여기 있겠어. 여기서 이 극장을 지킬 거야.

장군	(우왕좌왕하며) 적이다! 적이 농간을 부리는 분명해!
작가	(목소리만) 거기 있으면 폭탄이 떨어질지도 모른다고!
극장주인	극장은 지금 무너지고 있어. 안 들려?
	그동안 아무것도 못 들었던 거야?
	이봐ㅡ 작가ㅡ
	당신이 의도한 것인지는 모르지만
	당신이 세상이 지금 무너지고 있다고ㅡ
작가	(목소리만) 천만에! 내 세상이 무너지다니!
	무너지는 건 당신의 이 보잘 것 없고 어두컴컴한 극장뿐이겠지.
극장주인	아무튼… 지금 무너지고 있어.
	나는 극장과 같이 죽겠어.
	이대로 망할 바에야 차라리 폭탄을 맞고 죽는 게 나아.
작가	(목소리만) 그래?
	알았어.

엄청난 폭발음과 함께 굉음이 들리기 시작한다.
동시에 관객석의 조명이 하나둘 꺼지기 시작한다.

장군	무너진다! 무너지고 있어!
	부관! 나를 엄호하라! 부관!

두 팔을 벌려 장군을 안는 부관

계속되는 폭발음과 함께 관객석의 조명이 다 꺼진다.

연출가   끝났군. 나도 이제 끝났어.

극장주인의 비명과 함께
검붉은 조명이 꺼졌다 켜졌다를 반복하며 관객석을 어지럽게 한다.
폭발음이 멈추고 조명이 다 꺼진 후.
잔잔하고 고요한 음악이 흐르기 시작한다.
닫혔던 출입문이 열리면서 밖에서 빛이 흘러들어온다.
관객석에 있던 극장주인은 보이지 않는다.
출입문이 다시 '쾅—'하고 닫힌다.
무대 위 조명도 다 꺼진다.
음악이 멈춘다.

4막

관객석을 비추는 조명만이 켜진다.

작가   (관객석 자리 한 좌석에 앉은 채) 모두들 안녕하신가요?

(한 손을 들며) 혹시 다치신 분 계신가요?

불편하신 점은 없으신가요?

(사이)

물론 불편하실 겁니다. 지금 틀림없이 무언가 마음에 걸리실 겁니다.

대체 지금 우리는 무엇을 하고 있는 걸까요? 여러분은 여기

왜 오신 겁니까?

(자리에서 일어나며) 어느새 뭐가 뭔지 하나도 모르시겠죠?!

나는 여기 왜 있는 것이고, 지금 무슨 일이 벌어지고 있는 것일까?!

(천천히 무대 쪽으로 걸어오며) 혹시 여러분들은

정답을 찾으러 오신 건가요?

오늘 시간을 내어 굳이 여기까지 오신 데에는 어떤 이유가 있나요?

그 이유에 대해 설명해 주실 수 있으신가요?

아니, 그보다 이 연극을 보러 온 이유가 뭔지 조차 확실히 아시는

분이 계신가요?

(지리에 멈춰 서서) 여러분은 지금 신과 마주하고 있습니다.

이 세계를 만든 신이요. 처음부터 끝까지 다 제가 만들었죠.

저는 이 관객석에서 무대 위 여러분들을 지켜보는 창조주입니다.

연출가. 일어나 보세요.

무대 위에 핀 조명이 하나 켜진다.

핀 조명이 연출가를 비춘다.

작가	(연출가가 일어나자) 제가 유대교의 하나님이라면 저 사람은 노아
	아니면 모세 같은 사람입니다.
	(연출가를 보며) 어때요? 마음에 드나요?
연출가	난 망했어요.
작가	저런, 믿음이 부족하군요.
연출가	난 당신을 저주할 거야.
작가	전 세계 모든 신들이 매일 듣는 말이죠.
연출가	난 눕고 싶어. 말 시키지 마.
작가	(연출가가 자리에 드러눕자) 잠을 청하는 군요.
	괜찮아요. 한숨 자고 일어나면 한결 기분이 나아질 겁니다.
연출가	이대로 죽고 싶어.
작가	그건 내가 허락하지 않습니다.
	(사이)
	지금쯤이면 모두의 머릿속에 한 가지 질문이 반드시 있겠죠?!
	이 연극은 무슨 이야기를 하고 싶은 거냐?!
	세상에 무슨 이런 말도 안 되는 내용이 있단 말이냐?!
	그런데 말입니다.
	저는 어떠한 설명도 하지 않을 겁니다.
	하나의 세상을 만든다는 건 그 자체로도 너무 힘이 들고 벅찹니다.
	그 세상을 이해하는 건 각자 알아서 할 몫입니다.
	미안한 말이지만 지금 그곳, 여러분을 떠받치고 있는 무대 위 세상을
	위해 저보다 더 노력을 들인 자도 없을뿐더러 저보다 더 그 본질을 꿰

뚫어 볼 있는 자도 없죠. 여러분은 그저 선택받을 뿐입니다.

이해한 자와 끝내 이해하지 못한 자.

사실 우리는 다 이미 그렇게 살고 있죠.

내가 사는 세상을 벌써 이해한 자와 죽을 때까지 깨닫지 못하는 자.

전쟁이 일어났습니다! 중국이라는 적이 있습니다!

그리고 우리에게는 목표가 생겼습니다! 우리 중에 적을 하나 찾아

혼을 내줘야 합니다! 어떤 이유도 어떠한 정의도 없습니다.

마음에 들지 않요? 편견으로 가득 차 있다고요? 부조리로 가득 찬

하나부터 열까지 말도 안 되는 이야기뿐이라고요?

(어깨를 으쓱하며) 뭐, 어떻습니까?

여러분은 이미 그렇게 살고 있고, 지금도 또 다른 그러한 세상을

기대하고 그 무대 위로 직접 올라간 겁니다.

(사이)

다행히도 이 세계는 그저 연극일 뿐입니다. 여러분의 인생과

똑같은 한 편의 연극이죠. 그러니까 마지막 선택을 할 수 있습니다.

자ㅡ! 이 세상에 더 이상 있기 싫다고 하시는 분은 그 지리 그대로

누우십시오. 그렇게 죽음을 맞이하면 됩니다.

저기 장군의 말을 잘 따르는 충직한 부관과

저의 충직한 연출가가 직접 따뜻하게

이불을 덮어드릴 겁니다. 반대로

끝까지 이 이야기의 결말을 보고 싶고 또한 이 세상이

그나마 견딜만하다고 생각하시는 분들께서는 다시 원래 앉아 계셨던

자리에 앉아 편하게 결말을 즐기시면 됩니다.

부관!

5막

무대 위의 나머지 조명이 모두 다 켜진다.

작가   (부관을 보며) **부관. 대기실에 가면 이불을 있을 거다! 가서 가져오도록!**

부관   (작가에게 경례를 하며) **알겠습니다!**

작가   (부관이 씩씩하게 무대 뒤로 퇴장하자) **연출가 양반!**

연출가   (상체를 일으키며) **아주 잠깐 낮잠을 잤네….**

작가   **당신도 가서 이불을 가져오도록!**

연출가   (천천히 작가 쪽으로 고개를 돌리며) **당신이 뭔데?**

작가   **난 작가입니다.**

연출가   **난 연출가야. 연극이 작가의 것이라고 생각해?**

           흥! 천만에! 연출가가 어떻게 연출을 하냐에 따라 완전히 달라지는

           게 연극이라고!

작가	그러면 하나만 이야기해주세요.
연출가	뭘 말이야?
작가	대체 이 연극은 무슨 이야기인가요? 주제가 대체 뭐죠?
연출가	그건….
	말로 할 수 없어.
	(관객들을 보며) 하나의 연극이란 마치 지표면에 하나씩 층이
	쌓여가는 겁니다. 시간이 지나면서 하나씩 쌓이고 쌓이면
	맨 마지막에 퇴적된 모든 것들을 발굴하고 캐내서
	의미를 찾는 거라고요!
	지금 아직 극 중간입니다!
	무엇보다 작품은 각자가 직관적으로 보고 느끼는 겁니다!
	여러분, 부탁입니다. 끝까지 자리를 지켜 주십시오.
	제발. 끝까지 살아나셔야 합니다!
작가	(박수를 치며) 좋아요! 그런 자세! 멋있습니다!
	(부관이 이불을 들고 다시 등장하자) 관객 여러분! 이제 선택하십시오!
	그럼 저는 저의 편견과 아집으로 가득한 세상을 위해 이만 물러나겠
	습니다. (무대 뒤로 퇴장한다.)

순간 관객석의 모든 조명이 꺼진다.

연출가	남은 시간 동안 이 무대 위에 누워 계실 분 손 드십시오!
	죽음을 선택하신 분 손 드십시오!

관객석의 모든 조명이 다시 서서히 켜진다.

연출가   끝까지 연극을 보실 분은 원래 앉아 계셨던 자리로 가 앉으십시오!

                  천천히! 넘어지지 않게! 조심조심!

연출가와 부관이 각자 손님들을 안전하게 안내한다.

손님들이 모두 원래의 자기 자리에 앉는다.

중국인도 다리를 절뚝거리며 움직인다.[4]

장군   (중국인을 잡으며) 당신! 왜 다리를 절뚝이지?

                  혹시 다친 건가?

                  (중국인이 아무 말도 하지 않자) 놈들에게 당한 건가?

                  왜 다리를 절뚝이지?! 왜 정상적으로 걷지를 못해?!

중국인   저, 정상?

장군   왜 이 모양인 거요?

중국인   모양?

장군   다친 거요?

중국인   안 아파. 안. 아파.

장군   말을 똑바로 하시오.

중국인   어, 언제 끝나?

---

4) 5막이 시작되면서 자연스럽게 중국인이 다시 합류한 상태다.

	끝 언제?
	언제 끝?
장군	뭐라고 하는 거야?
	(중국인을 가리키며) 당신! 혹시 중국인이야?!
중국인	(뒷걸음질을 치며) 네?
장군	중국인이냐고?!
중국인	아, 아니.
	아니야.
장군	(나머지 사람들을 보며) 혹시 이 사람 중국인이요?

아무 반응이 없는 사람들

장군	다시 묻겠소.
	(중국인을 가리키며) 이 사람 중국인이오?
부관	장군님께서 묻고 계십니다. 누구든지 대답하십시오.
연출가	모릅니다.
장군	무엇이!
연출가	모른다고요.
장군	정말이오?
연출가	알고 싶지도 않습니다.
부관	바른대로 말하시오.
연출가	나하고는 상관없는 일입니다.

세상 모든 일이 그러하듯이.

장군   이 무대 위는 당신이 만든 당신의 세상이 아니었소?

연출가   아닙니다.

장군   정말이오?

연출가   모르겠군요.

장군   무엇이?

연출가   모른다고요.

             알고 싶지도 않습니다.

장군   (다시 중국인에게 시선을 돌려 노려보며) 정말 중국인이 아니오?

중국인   아닙니다. 나는 중국이 아닙니다.

장군   수상하군.

그대로 서로 대치하며 가만히 서 있는 장군과 중국인

연출가   아! 맞다! 깜박한 게 있다!

             광고!

남자배우   (관객들을 보며 들고 있는 이불을 펼쳐 보이며) 밤마다 으슬으슬―

             전쟁으로 무너진 집. 어쩔 수 없이 밖에서 자야 하는데―

             추위 때문에 고생하고 계신가요? 이제 걱정하지 마세요!

             추위야― 저리 물러가라―

             120년 전통의 스코틀랜드 양치기들이 직접 손수 양털을 깎아 만든 보

             들보들 스카치 블랭킷! 길거리에서! 방공호에서! 심지어 참호에서도

아랫목 구들장 같은 따뜻함을!

거기다 화려한 색상과 엣지 있는 격자무늬 디자인까지!

여러분도 이제 길거리 패션 멋쟁이! 지갑을 열어 꼭 구매하세요!

보들보들 스카치 블랭킷!

(이불을 흔들며 재롱을 부리기 시작한다.)

장군   지금 뭐 하는 거요? 별 짓을 다하는군.

연출가   돈은 벌어야죠.

               돈.

               그것 때문에 겨우 살아있는 건데….

흥겨운 음악이 나오기 시작한다.

남자배우   (어깨춤을 추며) 블랭킷! 블랭킷! 보들보들 블랭킷!

               길거리에서! 방공호에서! 참호에서도!

연출가   (무대 위, 모든 사람들을 독려하며) 여러분. 다 같이 일어나서

               몸도 풀 겸 도와주십시오.

               (남자배우를 따라 어깨춤을 추며) 블랭킷! 블랭킷! 보들보들 블랭킷!

               (사람들을 재차 독려하며) 일어나세요! 일어나서 몸을 흔드세요!

               움직여야 합니다. 우리는 동물. 움직여야 사는 존재입니다.

               먹고 살기 위해. 돈을 벌기 위해. 살아남기 위해 움직여야 합니다.

               블랭킷! 블랭킷! 보들보들 블랭킷!

부관도 따라서 어깨춤을 춘다.

중국인은 다리를 절뚝이는 바람에 어색하다.

그런 중국인을 말없이 노려보는 장군

잠시 후, 폭발음이 들려온다.

남자배우가 놀란 나머지 소리를 지르며 무대 뒤로 퇴장한다.

흥겨웠던 음악이 멈추고

무대 위에도 정적이 찾아온다.

장군	폭격도 멈추고 한바탕 소동이 지나갔군.
부관	맞습니다. 한숨 돌리게 됐습니다.
장군	적이 또 언제 공격을 할지 모르는 일!
	이럴 때일수록 안심하지 말고 미리미리 앞으로 있을 일을 대비해야
	한다.
	안 그런가?
부관	네! 맞습니다!
장군	그럼에도 아직도 이 내부의 적을 색출하지 못했네.
	중국인!
	아직 못 끝낸 일을 해야겠어.
	어서 빨리 중국인을 찾아내도록 하지!
	부관!
	(중국인을 가리키며) 저자를 잡아라!

중국인을 붙잡는 부관

절뚝이는 다리와

어눌한 말투로 저항하는 중국인

연출가	장군님. 드릴 말씀이 있습니다.
장군	자네─ 왠지 모르게 아까보다 훨씬 예의 바르군.
연출가	여기 있는 우리 모두 다 지치고 힘든 상태입니다.
	아무 증거도 없이 사람을 저렇게 잡다니요!
	부탁드립니다. 저 사람을 풀어주십시오.
장군	(만족스러운 표정으로) 좋소!
	(중국인에게 다가가며) 중국인.
	자네는 정말 중국인이 아닌가?
중국인	아, 아닙니다….
장군	그럼 한국인인가?
	(중국인이 아무 말도 없자) 한국인도 아닌 거지?
	(중국인이 몸부림치자) 연출기 양반. 부관을 도우시오.
	(연출가가 가만히 있자) 어서!

부관을 도와 중국인을 붙잡는 연출가

역시 더 몸부림을 치며 반항하는 중국인

장군	좋아! 말을 아주 잘 듣는구만!

	(반항하는 중국인을 혼내듯) 가만있어! 그럴수록 더욱 의심만 산다!
중국인	존댓말! 존댓말을 해. 왜 반말이야?
장군	지금은 전시상태다! 전시! 전시상태라고!
	(사이)
	한국인이 아니라면 어느 나라 사람인가?
	설마 불법체류자는 아니겠지?
연출가	신분증을 보면 되지 않나요?
장군	그렇지! 신분증!
	신분증을 내놔라.
중국인	지금 없습니다.
장군	내 그럴 줄 알았지.
	부관. 주머니를 뒤지도록.

중국인의 바지 주머니를 뒤지는 부관
중국인이 저항하자 자기도 모르게 뒤에서 중국인의 팔을 꺾는 연출가

연출가	(중국인이 고통에 소리를 지르자) 미, 미안해요.
	나도 이럴 줄은 몰랐어요. 정말이에요. 몰랐어요.
	사실 난 아는 게 하나도 없네요. 아무것도 모르겠어요.
부관	(주머니에서 나온 지갑을 확인한 후) 카드밖에 없습니다.
장군	카드?
연출가	신용카드인가요?

	(부관이 고개를 끄덕이자) 그럼 최소한 불법체류자는 아니로군.
중국인	(아픔에 울먹이며) 왜 이래? 왜 이러는 거야?!
	나는 착한 사람. 착하다고.
연출가	착한 사람이라는데요?
장군	(한결 부드러운 말투로) 국적을 말하시오.
중국인	내가 왜?
장군	어서 국적을 말해요.
중국인	시, 싫어.
장군	어서 국적을 말하라니까!
	(중국인이 고개를 떨구고 흐느껴 울기 시작하자) 어쩔 수 없군.
	이 자를 저 나무에 묶어라!

중국인을 나무에 묶기 시작하는 연출가와 부관

부관	(중국인을 나무에 다 묶은 후) 명령하신 대로 집행했습니다!
연출가	(목소리를 떨며) 이, 이제 어떻게 하실 겁니까?
장군	자기 입으로 말을 안 하니 직접 구별해내야지.
연출가	어떻게요?
장군	중국인을 구별하는 법을 아시오?
연출가	모릅니다.
장군	부관. 자네는 알고 있나?
부관	잘 모르겠습니다.

장군	자네는 나를 만나기 전에 어디에서 근무했었나?
부관	네. 장군님을 모시기 전에는 69사단에서 근무를 했었습니다.
장군	지루한 곳에 있었군.
	나는 서해안을 지키는 바다 사나이, 마도로스였었네.
부관	존경스럽습니다.
연출가	(순간 반색하며) 아! 해병대이신 겁니까?
	저도 해병대 나왔습니다!
장군	(연출가에게 거리를 두려는 듯 손사래를 치며)
	그, 그런 건 중요하지 않소.
	아무튼 난 서해를 지키던 적이 있었소.
	그때, 내가 뭘 배웠는지 아시오?
	바로 중국인을 구별하는 법이요.
	매년 봄만 되면 우리 서해 바다에 나타나 몰래 조업을 하는 중국놈들 때문에 아주 골치거든. 이 중국놈들이 얼마나 교활하냐면 지들 배에 태극기를 걸어놓고는 우리나라 배인 척 기만을 했다는 거요!
	거기다 또 우리말은 얼마나 잘하는지!
	어쩔 수 없이 생김새와 행동거지를 보고 중국인인지 아닌지를 구별해 낼 수밖에 없었소.
연출가	(고개를 연신 끄덕이며) 그렇군요.
	그래서 중국인은 어떻게 구별하면 됩니까?
장군	(부관을 보며) 지금부터 내가 하는 말을 잘 듣고 복창하도록.
	첫째. 중국인은 시끄럽다.

부관	중국인은 시끄럽다!
중국인	풀어 주시오! 풀어 줘!
장군	(나무에 묶인 중국인을 가리키며) 시끄러운 게 딱 중국놈이군.
연출가	그, 그렇군요.
장군	둘째. 중국인은 더럽다.
부관	중국인은 더럽다!
장군	그야말로 더러운 놈들이지.
	텔레비전에서 이런 말 들어보셨을 것이오.
	일본사람, 한국사람, 중국사람이 돼지우리에 들어가서
	누가 오랫동안 버티나 내기를 했다.
	일본사람은 너무나 더럽다고 먼저 뛰쳐나갔다.
	한국사람은 일본은 이겼다며 만족하며 바로 이어서 뛰쳐나갔다.
	그 다음으로 돼지가 도저히 더러워서 못 있겠다고 뛰쳐나왔다.
부관	(낄낄거리며) 웃깁니다. 너무 재미있습니다.
장군	(흐뭇해하며) 중국놈들은 그만큼 더럽지.
	(떨떠름한 표정을 짓는 연출가를 보며) 왜? 못 믿겠소?
	(중국인이 묶여있는 나무쪽을 가리키며) 못 믿겠으면 직접 가서
	맡아보라고. 아주 엄청난 냄새가 진동할 테니.

쭈뼛거리며 나무에 묶인 중국인에게 다가가는 연출가

'킁킁' 거리며 냄새를 맡는다.

장군	어때? 꽤 고약한 냄새가 나지 않소?
연출가	냄새가 나긴 납니다.
장군	역시나! 내 그럴 줄 알았어!
연출가	그래서… 이 사람이 확실히 중국사람이란 말입니까?
장군	한 가지 더 확인해 볼 것이 있지.
	마지막!
	중국인은 병을 옮긴다.
부관	중국인은 병을 옮긴다!
연출가	(장군 옆으로 다가가며) 병을 옮긴다는 건 어떻게 알아냅니까?
장군	잠깐 기다려보시오.
	(관객들을 보며) 거기 앉아 있는 여러분들도 잠시만 가만히
	있어 보시오.

호흡이 거칠어지면서 더욱 괴로워하는 중국인

잠시 후, 재채기를 한다.

그리고 바로 이어서, 부관이 재채기를 한다.

장군	봤지? 다들 봤소?!
연출가	재채기는 원래 그냥 나오기도 하는 거 아닙니까?
	(말이 끝나기가 무섭게 역시 재채기를 한다.)
장군	옮았군. 옮았어. 당신도 옮았어.
부관	(박수를 치며) 대단하십니다. 정말 대단하십니다.

장군	이제 적이 누군지 확실해졌군.
	결론이 나왔소.
	(나무에 묶인 중국인을 가리키며) 저 자는 틀림없는 중국놈이요.
	중국놈! 우리의 적!
연출가	정말 확실한 겁니까?
장군	지금까지 보고도 모르오?!
연출가	이제 어쩌실 겁니까?
장군	군법에 따라서.
연출가	설마?
부관	전시상황에 따른 군법에 따르면.
장군	이 자리에서 총살도 가능하오!
연출가	정말 확실한 겁니까?
장군	대체 무엇 때문에 그러는 것이지?!
연출가	사람의 목숨이 달린 일입니다.
장군	우리의 목숨이 달린 일이지.
연출가	일단 행하면 돌이킬 수 없습니다.
장군	우리의 적이 누구인지 잊지 마시오!
부관	타도하자! 타도하자!
연출가	우리의 적이 누굽니까?
장군	그걸 몰라서 묻는 것이오?
부관	중국! 중국!
연출가	저 사람이 중국입니까?

부관	중국인! 중국인!
장군	벌써 코로나를 잊었단 말이오?
	코로나 바이러스가 퍼졌을 때 어떠했소?
	우리 모두가 피해를 보지 않았냐 이거요!
연출가	그게 저 사람 탓입니까?
장군	중국 때문이니까.
	중국은 항상 우리를 불편하게 하오.
부관	타도하자! 수나라!
	물리치자! 당나라!
	사라져라! 공산당!
연출가	장군님.
	죄송하지만 점점 장군님의 말을 이해하기 어렵습니다.
장군	내가 다시 하나씩 설명하지.
	부관. 다시 복창하도록.
	하나. 중국은 역사적으로 우리의 원수다.
부관	우리의 원수다!
장군	둘. 중국은 공산당이다.
부관	빨갱이 새끼들!
장군	마지막 셋. 코로나 바이러스는 누구의 책임인가?
부관	중국!
연출가	그러니까 그게 저 사람과 무슨 상관이 있냐 이 말입니다.
장군	(딱하다는 듯 표정으로) 이래도 못 알아듣는단 말인가?

대체 연극 연출은 어떻게 하는 건가?

잘 들어요. 다시 말해 줄 테니.

하나. 중국놈들은 시끄럽다.

부관   시끄럽다!

장군   둘. 중국놈들은 더럽다.

부관   더럽다!

장군   마지막 셋. 중국놈들은 병을 옮긴다.

부관   코로나 바이러스!

장군   이렇게 연결되는 것이요. 이제 이해가 되오?

여자배우가 눈을 뜨고

서서히 몸을 일으킨다.

장군   (연출가가 여전히 머리를 저으며 어쩔 줄 몰라 하자)

         어허— 믿음이 부족하구만! 믿음이 부족해!

여자배우   지금 이게 다 뭐 하는 거에요?!

         (나무에 중국인이 묶여 있는 것을 보고) 세상에! 저게 뭐야!

         대체 무슨 짓을 하고 있는 거예요!

         저 사람, 관객 아니에요?!

         (연출가를 보며) 연출! 당신 미쳤어?! 관객을 묶어 놓다니!

연출가   괜찮아요? 이제 좀 정신이 들어요?

여자배우   정신이 들어야 할 사람은 당신 같은데!

　　　　　　　대체 이게 다 뭐 하는 거야?!

장군　　　　(여자배우 앞으로 다가가 신사답게 인사를 한 후)

　　　　　　　처음 뵙겠습니다. 이렇게 아름다운 미인을 직접 뵙게 되다니

　　　　　　　이보다 큰 영광이 없겠습니다.

　　　　　　　저로 말할 것 같으면.

여자배우　　말하지 마요!

　　　　　　　당신이에요? 사람을 저렇게 묶어둔 게?

　　　　　　　어서 빨리 풀어줘요! 빨리요!

남자배우가 헐레벌떡 다시 무대 위로 들어온다.

깨어난 여자배우를 보고 호들갑을 떠는 남자배우

여자배우　　(남자배우를 진정시키며) 뭐해?! 헛소리만 계속 지껄이지 말고!

　　　　　　　(중국인을 가리키며) 빨리 가서 저분 풀어줘! 빨리! 풀라고!

　　　　　　　(부관이 남자배우를 제지하려고 하자) 당신은 또 뭐야?

장군　　　　(부관을 보고 고개를 끄덕이며) 어서 말씀드리도록.

부관　　　　(여자배우에게 경례를 하며) 저로 말씀드릴 것 같으면.

여자배우　　아. 됐어요. 이 미친 새끼들….

　　　　　　　(남자배우를 다시 보며) 빨리 안 풀어!

남자배우　　(남자배우는 역시 풀지 못한다.) 아, 안 풀리는데.

여자배우　　진짜 저 병신ㅡ

　　　　　　　연출! 당신은 왜 가만히 있는데!

연출가	(장군 눈치를 보며) 하지만 그, 그게….
	(남자배우 옆으로 가 같이 나무에 묶인 중국인을 풀어 주려 한다.)
장군	모두들! 차렷!
	(사람들이 말을 듣지 않자) 모두들! 차렷!
	다들 가만히 계시오. 지금은 전시 상황이오. 전시 상황.
여자배우	그래서 사람을 저렇게 묶어 놓은 겁니까?!
장군	지금은 전쟁 중입니다.
	그리고 저자는 우리의 적입니다.
여자배우	왜요? 저 분이 왜 우리의 적인데요?
장군	중국인이거든요.
여자배우	저 사람이 중국인이라고요?
	(나무에 아직 묶여 있는 중국인을 보고) 손님.
	중국인이세요? 진짜 중국인 맞아요?
중국인	아니. 아니다.
	나 중국 아니다.
여자배우	아니라잖아요.
장군	도둑이 자기 입으로 도둑이라고 하는 거 봤습니까?!
여자배우	그래서 증거는 있어요?!
부관	하나. 중국인은 시끄럽다!
	둘. 중국인은 더럽다!
여자배우	닥쳐요!
부관	(쥐구멍에 들어가는 목소리로) 셋. 중국인은 코로나다….

여자배우	그만해요! 닥치라고!
남자배우	풀었다!

나무에서 풀려나는 중국인
남자배우가 중국인을 부축해 여자배우 앞으로 데려간다.
연출가는 여자배우의 눈치를 보며 슬며시 장군과 부관 옆으로 간다.

여자배우	(중국인을 보며) 괜찮아요?

말없이 고개를 끄덕이는 중국인

남자배우	(여자배우를 보며) 괜찮아요?

역시 고개를 끄덕이는 여자배우

장군	이봐. 중국인.
여자배우	그렇게 부르지 마요.
장군	좋소. 그럼 뭐라고 부르지?
여자배우	이 분을 존중해 주세요.
연출가	손님이라고 불러주십시오.
장군	손님?
	(헛기침을 괜히 한 후) 좋소. 손님. 이리 오시오.

(중국인이 아무 말 없이 가만히 있자) **어서, 이리 와보시오!**

중국인   왜요?

장군   어허! 말이 많군!

부관   무례하다!

여자배우   오라면 오고 가라면 무조건 가야 하는 거예요?!

남자배우   마, 맞아요. 맞는 말이네요.

부관   이 분은 장군님이시오.

여자배우   그래서 뭐 어쩌라고요?

연출가   (혼잣말로) 진짜 어디로 가려고 이러는 거지?

                    대체 어디로 가려고?

                    어디로 가려고?

장군   흥! 연극이라는 게 이렇게 쓸데없이 말만 많은 것이오?

부관   장군님 심기가 점점 불편해지고 계십니다.

                    마지막 기회요. 어서 이리 오시오.

마지못해 장군 쪽으로 걸어가는 중국인

다리를 절뚝거린다.

장군   중국인.

                    (중국인이 아무 대답을 하지 않자) 손님.

                    (사이)

                    다리를 왜 절뚝이는가?

중국인	다쳤다.
장군	언제?
중국인	지난주에.
장군	어디서?
중국인	길에서.
장군	왜?
중국인	모른다.
장군	모른다라?
	설명을 제대로 못 하는 게 있군.
남자배우	역시 수상해.
	(여자배우를 보며) 안 그래?
여자배우	전혀.
남자배우	모르는 게 있잖아.
여자배우	너는 세상 모든 걸 다 알아? 그래?
	(연출가에게 시선을 돌리며) 말해 봐요.
	이 상황. 우리가 처한 지금 이게 다 말이 된다고 생각해요?
	사람들에게 설명할 수 있어요?
연출가	(머리를 천천히 저으며) 아니…
	모르겠어. 하나도 모르겠어.
	내가 알던 세상이 아니야. 이해할 수 있는 게 하나도 없어.
장군	(중국인을 가리키며) 자네. 역시나 수상해.
	부관. 이 자를 다시 붙잡게.

부관	하지만.
장군	자네까지 나에게 대항하는 건가?
부관	그래도.
여자배우	생사람 잡지 마요.
장군	생사람?

(사이)

나에게는 사명이 있소!

적을!

이 나라와 사람들을 지켜야 할 의무가 있다고!

여자배우	나도 그래요.
장군	흥! 당신은 누군데? 당신이 뭔데?
여자배우	이 무대 위의 주인공이요.
남자배우	자기가 주인공이었어?
여자배우	그러면 뭐라고 생각했는데?
남자배우	나는 나인 줄 알았지.
여자배우	그렇게 생각했어?

(남자배우가 고개를 격하게 끄덕이자) 그럼 그렇게 행동했어?

진짜 그렇게 생각해?

(남자배우가 아무 말도 하지 못한다.)

알 수 없는 혼잣말을 하며 무대 이곳저곳을 돌아다니기 시작하는 연출가

장군   좋아! 그렇다면 나라도 나의 사명을 마저 마무리하겠다!

여자배우   여기는 당신이 나설 자리가 아니에요!

            애초에 당신이 나타날 무대가 아니었다고!

중국인을 붙잡으려 하는 장군

중국인도 이번에는 가만히 당하지 않고 장군에게 맞선다.

중국인과 장군이 서로 멱살을 잡으며 드잡이를 하기 시작한다.

부관이 장군을 돕는다.

실수로 자신을 도우려던 부관을 때려눕히는 장군

부관이 쓰러진다.

당황하는 장군을 때려눕히는 중국인

장군이 쓰러진다.

연출가   망했어! 완전 망했어!

비틀거리며 걷기 시작하는 연출가

폭발음이 크게 들린다.

순간, 중국인이 외마디 비명과 함께 기절한다.

남자배우 역시 견디지 못하고 소리를 지른다.

여자배우   (중국인을 부축하며) 괜찮으세요?! 괜찮아요?

남자배우   오필리아! 오! 나의 오필리아!

여자배우	야! 너는 또 왜 그래?
남자배우	사랑하는 내 님을 어떻게 알아볼까?
	죽장 미투리에 파립 쓴 순례자가 바로 내 님이라네.[5]
여자배우	결국 맛이 갔네… 별 수 없겠지…
남자배우	꽃상여 타고 향기로운 내 님은 떠나가는데
	사랑의 눈물은 비 오듯 내리네.[6]

노파가 정신을 차리고 일어난다.

노파	세상에— 여기가 어디지?
여자배우	어르신. 괜찮으세요?
노파	누구세요?
여자배우	정신이 좀 드세요?
노파	여기가 어디죠?
여자배우	극장입니다. 아직 극장이에요.
노파	공연이 아직 안 끝났나요?
	대체 무슨 일이 있었던 거죠?
연출가	(혼잣말을 하며) 나는 묶여 있다.
남자배우	(역시 혼잣말을 하며) 그대들은 자유롭다.

---

5) 윌리엄 셰익스피어의 〈햄릿〉 中에서
6) 윌리엄 셰익스피어의 〈햄릿〉 中에서

연출가	나는 죽을 것이다.
남자배우	그대들은 살 것이다.
연출가	하지만 나는 슬프지 않다.
남자배우	그대들도 기쁘지는 않을 것이다.

미쳐 버린 상태로 무대에서 퇴장하는 연출가와 남자배우

노파	사람들에게 무슨 일이 생긴 거죠?
여자배우	많은 일들이 있었던 것 같습니다.
	아주 많은 일들이요.
연출가	나는 오늘로 이 고통에서 벗어나지만 그대들은 알 수 없을 터.
	보고 듣고 느끼며 알고 있던 이 세상이 어떻게 끝이 날지.
남자배우	또한 그대들의 운명이 어떤 종말을 맞이할지.
노파	(여자배우가 부축하고 있는 중국인을 보며) 이 사람은 또 뭐죠?
	아시는 분인가요?
여자배우	관객분입니다.
노파	내 자리를 뺏어갔던 사람이에요.
여자배우	그건 저도 봤습니다.
	하지만 결국은 자리를 찾으셨잖아요.
노파	이상한 사람이에요.
여자배우	그만하세요. 많이 아픈 사람입니다.
노파	나는 몰랐어요.

여자배우	저도 몰랐답니다.
노파	이 사람은 괜찮은 건가요?
여자배우	그러길 바래야죠.
노파	죽은 건 아니죠?
여자배우	잠시 잠에 든 것뿐입니다.

(사이)

아까는 어르신께서 주무셨어요.

노파	내가 오랫동안 저런 상태였나요?
여자배우	잘 모르겠습니다.

찰나일 수도 있고 아닐 수도 있겠네요.

노파　　　　믿을 수 없네요.

이곳은 미친 곳이에요. 말도 안 되는 일들만 계속 벌어진다고요.

저는 그냥 연극을 보러 온 거예요. 그냥 연극을 보러.

여자배우　　무대 위가 원래 그래요.

있을 수도 없고, 믿을 수 없는 일들만 계속 일어난답니다.

그러면서 마치 현실인 것처럼 거짓말을 밥 먹듯이 하죠.

무대 위에서 정작 자기가 뭘 하고 있는지도 모르면서 말이죠.

죄송합니다. 정말 죄송해요.

노파　　　　그래서 언제 끝나나요? 대체 언제 끝나요?!

(사이)

이제 그만 집에 가고 싶네요.

여자배우　　같이 가실까요?

(노파가 고개를 끄덕이자) 저랑 같이 가시죠.

(노파의 손을 잡은 채) 저 좀 도와주실래요?

노파   도와달라고? 뭘?

중국인을 바라보는 여자배우

순간 멈칫하며 주저하는 노파

여자배우   어르신. 부탁드려요.

           어른이시잖아요.

고개를 끄덕이는 노파

같이 중국인을 양옆에서 부축하며

천천히 무대 뒤로 퇴장하는 여자배우와 노파

장군   (정신를 차리고 일어나) 머리가 아프구만.

           부관! 부관!

부관   (역시 정신을 차리며) 부, 부르셨습니까?

장군   무슨 일이 있었던 건가?

부관   모르겠습니다.

장군   모른다고?

부관   기억이 나지를 않습니다.

장군   뭔가가 우리를 공격한 것 같은데….

부관	마, 맞습니다.
장군	적의 소행이겠지?!
부관	적 말씀이십니까?!
장군	틀림없다!
	(사이)
	고얀 중국놈 같으니라고!
부관	중국! 중국놈!
장군	중국놈이 이 안에 있다!
부관	중국놈이 이 안에 있다!

이때, 작가가 무대 위로 나타난다.

작가	이게 뭐야?
	다들 어디 갔어?
장군	당신은 누구요?
	(사이)
	저 자는 누구인가?
부관	처음 보는 사람입니다.
작가	(헛웃음을 치며) 뭐? 나를 처음 봐?
	정말 어이가 없군.
장군	무례하기 짝이 없는 자군.
부관	무례하다!

작가	다들 지금 뭐하고 있는 거야?
	정말 무책임하군!
	이 멍청이들. 등신들. 바보 같은 놈들.
장군	무엇이?!
	너는 누구냐? 정체를 밝혀라!
	대체 어디 있다가 지금 나타난 것이냐?!
부관	한 대 때려 버릴까요?
장군	오호라! 네 녀석이로구나!
부관	네? 무엇이 말입니까?
장군	저놈이다!
	저놈이 바로 그 중국놈이다.
부관	정말입니까?!
작가	이 미친놈아. 지금 뭐라고 하는 거야?
	네가 뭘 알아?!
장군	흥! 나는 다 안다.
작가	말도 안 되는 소리 하지 마.
장군	말이 되고 안 되고는 네 놈이 정하는 게 아니라
	내가 정한다.
	(사이)
	부관!
	저 자를 체포하라!

작가에게 달려드는 부관과 장군

세 사람의 실랑이!

그리고 소리를 질러대는 작가

점점 어두워진다.

암전

6막

밝아지면

남자배우가 나무에 묶여 있다.

누군가[7] 횃불을 들고 무대 위로 등장한다.

누군가[8]   (횃불을 들고 나타나) **마지막으로 묻겠다. 바른대로 답하거라.**

---

7) 누구인지는 글을 읽는 독자와 공연을 연출하는 연출가의 몫으로 남긴다.
8) 역시 누구인지는 글을 읽는 독자와 공연을 연출하는 연출가의 몫으로 남긴다.

남자배우	이게 뭐야! 살려주세요! 살려주세요!
누군가	이 중국놈! 바른대로 답하거라! 너는 중국놈이 맞지?!
남자배우	아닙니다! 저는 중국인이 아닙니다!
누군가	닥쳐라! 시끄럽구나!
	시끄럽다는 것이 바로 니놈이 중국인이라는 증거!
남자배우	지금 뭐 하는 겁니까! 풀어줘요! 풀어달라고!
누군가	여전히 시끄럽군.
	몸에서 나는 고약한 냄새 또한 여기까지 진동을 하는구나.
남자배우	못 씻어서 그래!
	전쟁이 났어. 물도 안 나오고 보일러도 안 된다고!
	잠깐. 이 냄새는 불에 타는 냄새잖아.
	그 불을 꺼! 당장 그 불을 끄라고!
누군가	아무튼 너는 중국놈이다! 그게 이 공연의 결론이야!
남자배우	아니야. 나는 중국인이 아니야! 그딴 게 공연의 결론일 리 없어!
누군가	끝까지 오리발이구나!
남자배우	대체 내가 어떻게 해야 내가 중국인이 아니라는 걸 믿을 거지?!
	아니야! 아니라고!! 나는 중국인이 아니야!
누군가	정말이냐?
	그나저나 듣고 있자니 말투가 거슬리는군.
남자배우	정말입니다! 믿어주십시오! 저는 중국인이 아닙니다!
누군가	흥! 좋다! 그러면 주기도문을 암송해 보아라. 어서!
남자배우	네? 뭐라고요?

누군가	주기도문을 읊어 보라고!
남자배우	그게 중국인이 아닌 것과 무슨 상관입니까?!
누군가	증명을 못 하겠다는 건가?
	아니면 주기도문을 못 읊는다는 건가?
남자배우	그런 건 아무짝에도 소용없는 거잖아!
누군가	나를 의심하는 건가?
남자배우	대체 이게 무슨 짓거리지? 지금 뭘 하고 있는 거야?!
	너는 대체 누구야? 너는 대체 누구냐고?!
누군가	믿음이 부족한 자군.
남자배우	정체를 밝혀라! 너는 누구냐?!

고개를 돌려 관객들을 쳐다보는 누군가

누군가	한 번 기회를 줘 볼까요? 그럴까요? 어떻게 할까요?
	아닙니다! 그래도 이제 끝을 내야죠!
	(다시 남자배우를 보며) 이건 신의 뜻이다! 죽어라!

나무에 불을 붙이는 누군가
남자배우, 불에 타며 괴로워한다.

누군가	(두 팔을 벌려 관객들을 보며) 다 불타는 겁니다!
	황당하다고요?! 이해가 안 간다고요?!

그게 여러분 인생입니다!

비단 이 빌어먹을 연극의 끝이 아니란 말입니다.

도대체 무엇을 기대했습니까!

여기에 왜 왔습니까!

포스터를 보면서, 팜플렛을 보면서 어떤 이야기를

생각한 거죠?

나한테 대체 원하는 게 뭡니까!

사건이요? 아니면 충격적인 결말?

있는 척 하기 위한 심오한 주제?

그런 건 없습니다! 이 무대 위든, 여러분들의 그 비루한 인생

모두에 의미 있는 건 없습니다!

(불타고 있는 남자배우와 나무를 가리키며) 저 불도

시간이 지나면 꺼지고, 또 다시 살아나서 꺼질 뿐.

내가 만든 세상에 의미 있는 건 없습니다.

세상이 있다는 것과

그저 반복된다는 것.

그게 다요.

그걸로도 충분히 힘이 들고 벅차는 일이요.

그러니…

마음대로 생각하시오.

원래 하던 대로 하시오.

이 공연을 본다고 해서 세상이 바뀌지는 않으니까.

심지어 고작 당신마저도.

조명이 어두워진다.

불타는 나무가 만들어내는 그림자가 커졌다가 작아진다.

암전

END

보스

- 어느 인도 독립운동가의 속사정

[배경]

1939년 12월

[등장인물]

찬드라 보스   인도의 독립운동가. 통칭 '네타지(뜻: 지도자)'

아다니   보스의 보좌관

인디아 간디   인도의 독립운동가. 보스의 정적(政敵)

블라디노프   소련 장교

하이젠베르크   나치 장교

* 찬드라 보스를 제외한 나머지 인물들은 모두 다 가상임을 밝힌다.

[무대]

소련에서 서유럽으로 가는 기차 안

1막

일몰.

1등 침대칸.

철로를 달리는 기차 소리와 함께

홀로 앉아 눈을 감고 있는 찬드라 보스(이하 보스).

우렁차게 울리는 기차 기적 소리, 짧게 여러 번 울린다.

아다니가 침대칸으로 들어온다.

아다니   네타지! 밖으로 한 번 나와 보십시오. 노을이 집니다!

보스   노을?

            (눈을 뜨며) 벌써 시간이 그렇게 되었나?

아다니   노을빛이 아주 장관입니다! 비슈누 신께서 오늘도 또 한 번 저희에게 형언할 수 없는 아름다움을 선물로 주셨습니다.

보스   비슈누?

            (뜻 모를 미소를 지으며) 해가 지는 것이면 시바 신과 더 어울리지 않나?

아다니   태양은 내일도 또 뜨지 않습니까. 지금 지평선 너머로 사라지는 게 오늘로써 마지막을 고하는 게 아닐 텐데 어찌 파괴의 신을 말씀하시는 겁니까.

무섭습니다.

보스　자네는 긍정적인 친구로구먼.

아다니　빨리 나오십시오. 이제 어두워집니다.

보스　(다시 눈을 감으며) 됐네. 괜찮네.

아다니　시간이 얼마 없습니다. 곧 사라집니다.

보스　호들갑 좀 그만 떨게. 노을 지는 거 처음 보나?

　　　자네 말대로 내일도 뜨니까 내일 보면 되네.

아다니　하지만 오늘 지금의 저 노을만큼은 다시는 볼 수 없을 텐데요.

보스　일희일비하지 말게. 순간에 집착해서는 안 되네.

　　　(다시 눈을 뜨며) 시간보다 중요한 건 대상이야. 대상을 파악해야지.

　　　순간에만 집착하면 작은 변화에도 호들갑을 떨 수밖에 없네.

　　　자네도 현대 과학을 어느 정도 배우지 않았나. 우리 말고 저 멀리

　　　아메리카의 인디언들이 개기일식을 보고 신이 노했다고 벌벌 떨며

　　　백인들에게 도와달라고 빌었던 그 멍청한 일을 알고 있지 않은가.

　　　그런 미신은 이제 버려야지. 너무 경탄하지 말게.

　　　아름다운 여인을 멀리하듯 대하게.

　　　비슈누니 시바니 하는 신도 찾지 말고.

아다니　네타지.

　　　정말 신을 안 믿으시는 겁니까?

보스　(한숨을 내뱉으며) 나는 해가 지는 것 따위에 호들갑 떨지 않는 것뿐일세.

아다니　사람들의 공감을 얻어내기 힘들어지십니다.

보스　(빙그레 웃으며) 그래서 지금 이렇게 쫓겨난 것 아닌가.

아다니	(머리를 긁적이며) 저는 그저 아름다운 것을 좋아한 것뿐입니다.
보스	아름다운 것이라?
	그렇게 말하니 자네가 이 기차에 처음 올랐을 때
	구라파인들의 이기(利器)에 연신 감탄하던 것이 다시 생각나는군.
	아무리 화려하고 아름다워 보여도 결국은 고철 덩어리에 불과하네.
	그리고 이 물건이 우리 인도인들에게 무엇을 상징하는지 잊지 말게!
아다니	죄송합니다. 네타지.
보스	(차창 밖을 보며) 해가 진다라…
	저것이 대영제국의 앞날이어야 할 텐데.
	(방백) 부디 시바 신께서 영국 하늘에 임하시길.

짧게 한 번 기적이 울고
잠시 기차가 역에 정차한다.

보스	(혼잣말로) 여기가 어디일까?
	(아다니를 보며) 지금 어디쯤 온 건가?
아다니	우크라이나와 폴란드 국경일 겁니다.
보스	벌써 폴란드까지 왔단 말인가.
	빠르긴 빠르군. 이 기차라는 걸 탈 때마다 손에 쥐고 있던
	많은 시간들이 나도 모르게 슝─슝─ 날아가 버리는 느낌이야.
아다니	신께 기도를 올려 보십시오.
보스	자네가 나 대신 해 주게.

우리 인도의 독립을 위해서 말일세.

문을 두드리는 소리가 들린다.

순간 경계하는 자세를 취하는 아다니

보스	드디어 왔나 보군. 운명의 시간이구나!
	들어오십시오!
블라디노프	(문을 열고 들어와 큰 목소리로) 안녕하십니까! 안녕하세요!
	(먼저 악수를 권한 후 잡은 손을 격하게 흔들며) 찬드라 보스 선생—
보스	약주를 좀 드셨나 보군요.
블라디노프	티가 좀 납니까? 아하하핫—
	목이 좀 말라서 말입니다.
	아는지 모르겠지만 우리 러시아 사람에게 술은 그냥 물과 같습니다.
	너무 나무라지는 마십시오. 아하하핫—
아다니	목소리가 너무 큽니다.
블라디노프	뭐? 목소리?
	(보스를 보며) 이 자가 지금 뭐라는 거요?
보스	(아다니를 보며) 잠시 나가 있게.
아다니	괜찮으시겠습니까?
보스	나는 괜찮네.
블라디노프	어른들 이야기에 아이가 껴서 쓰나.
아다니	문밖에서 지키고 있겠습니다.

블라디노프	안 되지. 그건 안 될 말이지.
	지금부터 나와 찬드라 보스 선생 둘의 이야기는 보안이 지켜져야 합니다.
	(아다니를 위아래로 훑어보며) 어차피 곧 독일에서도 사람이 오네.
	자네는 독일에서 올 장교나 맞이할 준비를 하게.
아다니	독일에서요?
	어떤 분이십니까? 제가 알아볼 수 있을까요?
블라디노프	멀리서도 한눈에 바로 알아볼 수 있을 거네. 아주 우스꽝스러운 복장을 하고 있을 거거든.
아다니	알겠습니다.

보스를 향해 고개를 숙여 인사를 하고 문을 열고 나가는 아다니

블라디노프	(한숨을 쉬며) 자기 주제를 모르고 발언을 하는 꼴이라니!
	(보스의 얼굴을 보고 미소를 지으며) 저녁은 드셨습니까?
보스	아직이요. 아직 안 먹었습니다.
블라디노프	(손바닥으로 무릎을 치며) 잘 됐군요! 이따가 저랑 같이 드시죠!
	오시는데 힘드시지는 않으셨고?
보스	뭐, 괜찮습니다.
블라디노프	인도에서 우크라이나까지는 참 멉니다. 그렇죠?
	거기다 폴란드. 또 독일이라니. 세상에―
	선생이니까 가능한 겁니다. 저라면 도저히 못 견딜 겁니다.

보스	제가 힘든가요, 이 기차가 힘들겠지요.
블라디노프	기차가 힘이 들어요? 아하하핫─
	역시 인도분이라 그런지 이런 기차에도 영혼이 있다고 믿는군요.
	재미있어요! 아주 재미있어!
	물론 힘든 건 이 기차일 겁니다. 독일에서 그치는 게 아니라
	불란서도 거쳐야 하고 서반아까지 가야 하니까요.
	(보스를 위아래로 훑어보고는) 어쨌든 환영합니다. 구라파에
	잘 오셨어요. 제국주의의 심장 한가운데 말입니다. 아하하핫─
보스	목소리만 조금 낮춰 주십시오. 듣는 귀가 많습니다.
블라디노프	왜요? 뭐 어떻습니까? 이 열차가 오리엔트 특급 열차도 아니고─
	영국놈들이라곤 아마 하나도 없을 텐데요─
	이제 보니 겁이 많으시군요.
보스	인도사람들도 타고 있습니다.
블라디노프	인도사람들이면 다 선생님 편 아닙니까?
보스	내가 왜 이 기차를 탔는지 정녕 모르신단 말입니까?
블라디노프	(그게 박수를 치며 과장되게 고개를 끄덕이고는) 알죠! 잘 압니다!
	그래서 지금 이 순간 누구보다 아쉬운 사람이 선생이라는 것도
	잘 알고 있지요!
보스	공산주의자답군요. 예의가 없다 못해 이렇게 직접적이니.
블라디노프	마하트마는 건강하게 잘 있답니까?
보스	나도 모릅니다. 뭐 잘 있겠죠.
블라디노프	당신네 인도인들도 참 이해가 안 됩니다.

영국으로부터 독립을 하자고 하면서

고작 따르는 위인이라는 게

방 안에 가만히 앉아 물레나 돌리고 있는 인간이라니!

보스   우리 국민들의 뜻인 걸 어쩌겠습니다.

블라디노프   그러니까 내가 하는 말입니다!

마하트마 간디! 그렇게 물레나 돌려서 무얼 얻을 수 있겠소?

(사이)

사실 이번 당신네 인도 국민회의 총재 선거에서 이긴 게 누굽니까!

당신 아닙니까! 찬드라 보스!

그런데 간디, 그 인간이 어떻게 했소!

무장투쟁을 주장하는 당신이 마음에 안 든다고 해서

대의원을 장악하고 있는 자기 사람들을 조종하여

대의원들이 전원 사퇴하도록 조장하지 않았소!

투표로 선출된 총재를 식물로 만들어 쫓아낸 거 아닙니까!

당신 말처럼 국민들이 선출한 총재를 말이오.

보스   어쩌겠습니까.

그도 결국 정치인인걸요.

블라디노프   그래서 그냥 이해하고 물러난다?

흥! 당신도 총만 들었지 결국은 낭만주의자로군.

쁘띠! 쁘띠 부르주아! 얼굴 시커먼 쁘띠 부르주아군요.

보스   맞습니다. 다 맞는 말일지 모릅니다.

(사이)

우리 인도는 공산주의나 사회주의 사상도 가진 자만이 이해하고

공부할 수밖에 없습니다. 러시아 말이나 하다못해 독일어

그것도 아니면 영어를 알아야 하니까요.

블라디노프　참으로 유감이오.

그대 나라가 우리 러시아가 아닌 영국의 지배를 받고 있다는 것이.

보스　자, 이제 본론으로 갑시다.

그래서 러시아는 우리 인도를 어떻게 도와줄 겁니까?

블라디노프　도와준다?

누가요? 우리가?

길게 두 번 기적 소리가 울린다.

천천히 다시 움직이기 시작하는 기차

아다니　(문을 두드리며) 네타지.

(문을 열고 들어와) 독일군 장교분이 오셨습니다.

블라디노프　슬슬 배가 고파지는데.

(안주머니에서 보드카를 꺼내며) 보드카를 좋아할지 모르겠군.

(보스를 보고 고개를 끄덕이며) 들어오라고 하십시오.

보스　들어오시라고 하게.

문을 열고 나가는 아다니

잠시 후, 하이젠베르크가 침대칸으로 들어온다.

하이젠베르크   (나치식 경례를 하며) 하일! 히틀러!

블라디노프   (무시하며 보드카를 꺼내 한 모금 마신 후 보스를 보며)

                화답하시지요! 손님인데!

보스   (쭈뼛쭈뼛 어색해하며) 하, 하일!

                히틀러!

폭소를 터뜨리는 블라디노프

기차가 짧게 여러 번 운다.

암전

2막

저녁.

1등 침대칸.

인상을 쓰며 책상 위에 펼쳐진 지도를 보고 있는 보스

그 맞은편으로 블라디노프 그리고 그 바로 옆으로 하이젠베르크가 앉아 있다.

보스	(손가락으로 지도를 가리키며) 그게 정말 가능합니까?
하이젠베르크	(고개를 끄덕이며) 우리 전쟁부의 엘리트 장교들이
	몇 번이고 반복해서 시뮬레이션 한 결과요.
	(손가락으로 하나하나 지도 이곳저곳을 지목하며) 당신네들이 여기서
	영국놈들의 발목을 잡으면.
	그때 우리 제3제국 군대가 여기 그리고 여기 또 여기를
	전투기와 탱크로 순식간에 쏠어버릴 것이오.
보스	전투기와 탱크라…
하이젠베르크	왜? 믿음이 안 가시오?
	아니면 우리의 전략에 덧붙이고 싶은 의견이 있는 거요?
보스	그것보다는…
	정말로 전투기와 탱크 같은 것들도 다 지원을 해 줄 수 있는 겁니까?
하이젠베르크	당연하오. 믿을 수 없단 이 말이오?
보스	너무 파격적인 조건 아닙니까!
블라디노프	(하이젠베르크의 옆구리를 찌르며) 저 친구가 놀랄 만도 하지.
	총 몇 자루 수류탄 몇 개만 받아도 간지덕지일 텐데
	유럽과 아프리카에 흩어진 인도인들을
	의용군으로 모집하는 것도 도와주고
	군사 훈련까지 시켜주고 거기다 탱크까지 준다고?!
	정말 당신네 총통이 괜찮다고 한 거요?
하이젠베르크	우리 총통께서는 인도를 진심으로 돕고 싶어 하십니다.
보스	감사합니다.

하이젠베르크   그런데도 뭔가가 더 아직도 부족한 거요?

보스   그건 아닙니다.

하이젠베르크   그러면 뭐가 문제요?

보스   나도 젊은 시절 영국에서 유학을 해

             당신들 구라파 사람들의 사고방식을 모르지 않습니다.

             기브—앤드—테이크.

             받은 만큼 줘야 한다. 세상에는 공짜가 없다 아닙니까.

하이젠베르크   믿음이 부족한 자로군.

             혹시 종교가 있소?

보스   없습니다.

블라디노프   종교가 없다고요? 당신은 인도인이잖소. 힌두교도 아니오?

보스   그냥 의례적인 것만 따를 뿐.

             푹 빠져 있지는 않습니다.

블라디노프   그럼 그 코끼리 앞에서 고개 숙이거나 절하지는 않겠군요.

하이젠베르크   그건 마음에 드는군.

             최소한 내가 수준 낮은 야만인과 대화하는 건 아니니까.

블라디노프   (하이젠베르크의 손을 잡으며) 혹시 우리 소련도

             이렇게 지원해줄 수 있소?

             우리도 불가침 조약으로 한 배를 탄 사이 아니오?!

하이젠베르크   (자신의 손을 잡은 블라디노프의 손을 치우며) 소련은 이미 강하지 않소?

             우리의 도움 같은 건 필요 없을 것 같은데…

             (다시 보스를 보고 지도를 가리키며) 중요한 것은

내가 아까 설명한 전략이요.

콩고물에만 너무 관심을 가지지 마시오. 무기는 필요하면 얼마든지

지원할 테니. 믿음을 가지시오.

보스   나는 여타 다른 인도인과는 다릅니다. 신조차 제대로 믿지 않지요.

과학과 이성. 나는 그것만을 쫓을 뿐입니다.

블라디노프   (보드카를 들이키며) 나는 이 보드카만을 믿소. 아하하핫−

하이젠베르크   (손가락으로 지도를 탁탁 치며) 내가 말한 전략은 이해한 거요?

보스   북아프리카와 중동에 주둔하고 있는 영국군대를 공격한다?

하지만.

인도가 아니지 않습니까?!

하이젠베르크   북아프리카와 중동은 지중해와 연결된 중요한 땅이오.

영국 해군을 묶어 두기 위해서는 이곳을 꼭 장악해야 하오.

블라디노프   (딸꾹질을 한 후) 그래야 우리 소련군과 저 독일군이 하고 싶은 대로

마음대로 돌아다닐 수 있거든.

보스   하지만 우리는 인도 군대입니다. 인도군이 왜 인도가 아닌 곳에서

싸워야 합니까?

하이젠베르크   똑같은 영국 군대요. 영국 군대와 싸우는 게 당신 목표 아니었소?

보스   내 목표는 우리 인도의 독립입니다.

하이젠베르크   그러기 위해서는 영국 군대와 싸울 수밖에 없잖소.

블라디노프   (보스를 보며 달래듯이) 세상에 한 번에 되는 일이 어디 있겠어요?!

나도 이 자리까지 올라오는데 엄청 힘들었어요. 아하하핫−

보스   그러니까 당신네들이 땅따먹기를 하는 동안 우리는 뒤에서

영국놈들이 당신들 방해하지 못하도록

뒤에서 발목이나 잡고 있으라는 거 아닙니까.

블라디노프 굳이 그렇게까지 말할 필요가 있나요. 자! 자!

조금씩은 우리 표정을 환하게 바꿔 봅시다.

갑자기 분위기가 너무 어두워!

보스 해가 졌으니까요.

아까 일몰이 아름답다고 내 보좌관이 호들갑을 떨던데,

역시나 황혼의 노을빛은 아름다운 것이 아니라

곧 다가올 어두움을 예고하는 경고장에 불과한 것 같군요.

블라디노프 (보드카 병을 높이 쳐들며) 시인이 따로 없군! 낭만적입니다.

하이젠베르크 (팔짱을 끼며) 나름 이성적이기도 하군.

블라디노프 (다시 하이젠베르크의 옆구리를 찌르며) 이봐ー 동무ー

너무 뻣뻣하게 굴지 말라고.

물론 우리보다 아쉬운 건 저 친구지만

그렇다고 우리도 저 친구가 없으면 안 되는 입장 아닌가.

설마 이 협상이 결렬된 채로 베를린에 가고 싶은 건 아니겠지?

하이젠베르크 이봐요. 인도 양반. 당신 마음은 나도 잘 압니다.

지금 당장이라도 고국으로 들어가 영국놈들을 몰아내고 싶겠지요.

하지만 동네 아이들 싸움이 아니지 않소.

그리고 영국놈들이 어떤 놈들입니까?

여기에 붙었다 저기에 붙는 그 박쥐같은 본성과 사람을 질리게 만드

는 그 끈질김을 잘 알지 않소?

블라디노프   산에서 양털이나 깎던 놈들!

하이젠베르크   전쟁에서 제일 중요한 건 보급이요.

             지금 당장 인도로 쳐들어가 영국군을 몰아내는 건 어렵지 않소.

             아무래도 북아프리카나 중동에 있는 영국군보다는 약할 테니

             어렵지 않게 몰아낼 수 있을 것이오.

보스   제 말이 그겁니다! 어서 당장 우리 조국을 영국으로부터

             구해주십시오!

하이젠베르크   그 다음은 어떻게 할 거요?

             영국놈들이 가만히 있을 거라고 생각하시오?

블라디노프   증원부대를 보내겠지.

보스   그쪽에서도 증원부대를 보내주면 되잖소.

             아까 지원을 아끼지 않는다고 했으니!

하이젠베르크   평소 군복만 입고 다녔지, 정말 전쟁에 대해서는 잘 모르는군요.

             (보스가 울컥하며 따지려 하자) 당신은 인도가 또 다른 세계 전쟁의

             전쟁터가 되기를 원하오?

             (사이)

             영국군이 증원부대를 보내고 우리가 또 증원부대를 보내면

             또 영국이 가만히 있지 않겠지.

             그때 이 소련군까지 당신들을 돕는다고 인도로 들어오면 그때

             인도라는 나라가 어떻게 될지 생각해보았소?

             예전 세계대전의 전쟁터가 된 네덜란드나 벨기에 처럼 쑥대밭이 될 것이오.

             전쟁을 할 때 유념해야 할 또 중요한 것 하나.

	바로 전쟁이 끝난 뒤를 대비해야 하는 것이오.
보스	전쟁이 끝난 뒤?
하이젠베르크	영국을 몰아내고 독립을 쟁취한다고 칩시다.
	그래도 만약 인도가 전쟁터가 되어 하나도 남아있는 게 없다면 그게
	무슨 의미가 있겠소?
	그리고 그렇게 희생이 많으면 선거에서 이길 수 있겠소?
블라디노프	선거를 생각해야지. 독립을 하면 그 후로는 정치니까.
하이젠베르크	간디에게 또 질 거요?
	분명 나라를 풍비박산 냈다고 당신을 공격할 텐데.
블라디노프	죽 쒀서 개 주는 격이지 뭐─ 아하하핫─
보스	선거? 간디?
하이젠베르크	우리가 우리 이익 때문에 당신이나 인도를 이용한다고 생각하는 것
	같은데… 뭐 상관없소. 사실 누구든 충분히 그렇게 오해할 만하오.
	영국 놈들한테 오죽 심하게 당했으니…
블라디노프	사실 우리 소련도 최근 들어 큰 소리를 좀 치는 것이지,
	불과 몇십 년 전만 해도 저 영국, 프랑스 놈들한테
	수없이 시달려 왔어요.
	여기 독일은 지난 세계 전쟁 때 전투란 전투는 다 이겼는데도
	영국놈들의 외교공작에 말려서 억울하게 패전국이 된 것 아닙니까.
하이젠베르크	그럼에도 불구하고.
	(사이)
	우리 제3제국 입장에서도

인도가 전쟁터가 되는 건 전혀 나쁜 일이 아니오.

오히려 지중해에 있는 영국 군대가 그쪽으로 갈 테니

우리로서는 더욱 수월하지.

영국은 당신네 인도를 절대 포기하지 않을 거거든.

셰익스피어를 포기할지언정 인도는 절대 내줄 수 없다고 하지 않았소!

보스   정말 히틀러 총통께서는 그렇게까지 우리를 생각해 준단 말입니까?

하이젠베르크   영국을 확실하게 무너뜨리는 방법을 이야기하는 것이오.

서쪽에서는 우리가, 가운데서는 소련이, 그리고

지중해 동쪽에서 바로 인도가 영국을 공격하는 거요.

제아무리 영국이어도 세 군데에서 동시에 받는 공격을 당해내지는

못하겠지.

우리가 런던을 점령하고, 무솔리니가 북아프리카를,

소련이 중동을 정리하면 영국 군대가 와해됨은 물론이고

영국이라는 나라가 지도상에서 사라질 것이오.

블라디노프   그러면 자연히 인도는 독립을 하겠죠.

누구도 피 흘리지 않고 그 어떤 희생도 없이.

(사이)

그리고 인도의 지도자가 되는 거요!

보스   들어보니 이해가 됩니다.

정말 확실한 방법이겠죠?

하이젠베르크   아까도 말했지만 우리 전쟁부의 가장 뛰어난 엘리트들이 몇 번이고

시뮬레이션을 돌린 결과요.

우선 북아프리카로 가서 군대를 모집하고 훈련을 받은 후

먼저 이집트와 수에즈 운하를 접수하고

바로 레반트 지역을 장악하는 것이오.

이렇게만 하면 영국군 주력 해군의 반은 싸우지도 않고 바로

항복해 올 거요.

블라디노프   제아무리 세계 최강의 영국 해군이어도 물과 총알 없이 계속 바다 위

에 떠 있을 수는 없으니까 말이지.

보스   조, 좋습니다.

하이젠베르크   그러면 이렇게 조율은 된 것으로 알겠소.

이제 남은 건 직접 총통을 알현하고 하명을 받으시면 되오.

보스   알현? 하명?

블라디노프   독일어가 어휘가 많지 않습니다. 이해하세요.

독일어라서 그렇게 들리는 겁니다. 아하하핫─

기차 기적 소리가 크게 여러 번 울린다.

블라디노프   기차가 아까보다 더 빨라진 거 같군.

보스   거침없이 가는군요. 서쪽으로.

하이젠베르크   서쪽. 해가 지는 방향이군.

흥! 두고 보시오.

영국놈들이 스스로를 '해가 지지 않는 나라'라 칭하지만

그게 어디 가당키나 한 일이오?

곧 얼마 안 되어 이 기차가 지나는 땅은 전부

우리 게르만 민족의 땅이 될 것이오.

영국놈들은 그림자도 보이지 않을 거란 말이오.

블라디노프   허풍이 심하군. 독일인들은 허풍이 없는 것으로 알고 있었는데….

하이젠베르크   당신들 러시아인들이야말로 속을 알 수 없는 족속 아니오?

그 마트료시카 인형처럼.

인형 속에 또 인형이 있고 그 속에 또 다른 인형이 있고….

블라디노프   (갑자기 웃음을 터뜨리고는 하이젠베르크에게 보드카를 건네며)

한 잔 하겠소?

하이젠베르크   (보스를 한 번 보더니) 좋소. 거절할 이유 또한 없지.

블라디노프, 하이젠베르크 두 사람만 서로 잔을 주고받는다.

보스는 다소 복잡한 표정의 얼굴로 펼쳐진 지도를 내려다보고 있다.

서로 한 잔씩 마신 후 기분 좋게 웃는 블라디노프와 하이젠베르크

블라디노프   (나치식 경례를 따라하며) 하일 히틀러! 게르만 민족 만세!

하이젠베르크   (나치식 경계를 받으며) 스탈린 동지 만세! 소비에트 공화국 만세!

서로 호기롭게 웃는 블라디노프와 하이젠베르크

보스   지금 두 사람이 뭐라고 하는 겁니까?

다시 영어로 이야기 하십시다. 영어로요. 영어로.

블라디노프	좋아요. 좋아. 잉글리쉬! 잉글리쉬!
하이젠베르크	정말 노예근성은 어쩔 수 없군. 영국과 싸운다고 하면서 영어라니!
블라디노프	호구가 듣겠어. 조심하라고. 아하하핫—
하이젠베르크	저 치가 없을 때 다시 의논해야겠지만….
	영국을 몰아내면 우리가 인도를 나눠 가지는 겁니다. 사이좋게.
블라디노프	5대5?
하이젠베르크	아니지. 6대4!
블라디노프	누가 6이요?
하이젠베르크	당연히 우리 아니겠소.
	저 무지한 인도놈들에게 무기도 대주고 심지어
	군사 훈련까지 시켜주는데.
블라디노프	그게 참 놀랍소.
	무기만 줘도 될 텐데 어떻게 군사 훈련까지 해 줄 생각을 했소?
하이젠베르크	삼 년 전, 베를린에서 했던 올림픽 기억나시오?
	그때, 우리가 처음으로 성화 봉송을 했었지? 왜 했다고 생각하시오?
블라디노프	그냥 선전 효과 아니었소?
	우리 공산당도 인민들에게 매일 하고 있는 것이지만…
	몸 좋고 잘 생긴 남녀 운동선수가 횃불을 들고
	뛰는 모습을 영사기로 찍어서 극장에서 보여주는 것만큼
	사람들을 선동하기 좋은 건 없으니 말이오.
보스	뭐라고 하는지 하나도 못 알아듣겠어요! 영어로 합시다!
하이젠베르크	우리가 성화 봉송 쇼를 한 진짜 이유는 따로 있소.

블라디노프   그게 무엇이오?

하이젠베르크   성화 봉송을 하러 유럽 이곳저곳을 다닌 덕분에 폴란드부터 벨기에
                  그리고 프랑스까지 대도시는 물론 시골마을까지 지도에도 안 나와 있
                  는 길이란 길은 다 파악이 가능해졌소. 심지어 우리는 영사기로 찍기
                  까지 했으니.

블라디노프   세상에나— 스파이를 따로 보내지 않아도 많은 정보를 얻었겠군!

보스   이보시오! 내 말이 안 들립니까!

하이젠베르크   저 냄새 나는 인도 것들에게 총 쏘는 법을 가르치는 이유도 똑같다고
                  생각하시면 되오.

호탕하게 웃는 블라디노프

보스   뭐라고 하고 있는 겁니까? 영어로 말하라니까! 영어로! 영어!

블라디노프   (웃음을 진정하고) 미안하오.
                  당신이 인도인이라는 걸 순간 까먹었소.

하이젠베르크   영어밖에 없지.
                  그나마 인도인이 할 줄 아는 고급 언어라고는.

보스   좋소. 그건 그렇다 치고…
                  (하이젠베르크를 보며) 총통을 뵈면 제일 먼저 무엇을 해야 합니까?
                  그분을 만났을 때 어떤 예를 취하면 되는지 알아야겠습니다.

말이 끝나기가 무섭게

오른발 군화를 땅에 차며 소리를 내더니 나치식 경례를 하는 하이젠베르크

하이젠베르크　하일! 히틀러!

얼떨결에 경례를 따라하는 보스

그 모습을 재미있게 쳐다보는 블라디노프

블라디노프의 호탕한 웃음소리가 크게 울려 퍼진다.

암전

3막

늦은 밤.

식당 칸.

포크와 나이프로 저녁식사를 하고 있는 보스

그 맞은편으로 블라디노프 그리고 그 바로 옆으로 하이젠베르크가 앉아 있다.

블라디노프　　포크와 나이프질을 아주 잘 하십니다.

보스	왜요? 뭐가 문제가 있습니까?
블라디노프	그건 아니고….
	인도사람들은 손으로 밥을 먹는다고 들어서 말입니다.
	그런데 그게 진짜입니까?
보스	진짜입니다.
	그런데 그게 무슨 문제가 됩니까?
블라디노프	인도에는 밥을 먹을 때 쓰는 도구가 없나요?
하이젠베르크	동무. 그만하고 식사나 하시오.
블라디노프	(보스를 보며) 혹시 기분이 나빴나요?
	(어깨를 으쓱하며) 기분 상했다면 미안합니다.
보스	아, 아니요. 괜찮습니다.
블라디노프	아하하핫― 다행입니다―
	(보드카를 건네며) 술 한 잔 하시겠습니까?
보스	사양하겠습니다. 저는 술을 안 마십니다.
블라디노프	호의를 거절하다니 꽤 서운합니다.
하이젠베르크	빨리 밥이나 먹어요.
	내가 당신 것까지 다 뺏어 먹습니다.
블라디노프	찬드라 보스 선생. 선생도 원래는 손으로 드시는 거 아닙니까?
	한 번 손으로 드실 수 있으세요?
	내가 한번 보고 싶어서 그럽니다.
하이젠베르크	동무. 그새 취했군요. 예의를 지켜요!
블라디노프	당신도 궁금하지 않소? 저 인도인이 정말 손으로 밥을 먹는지.

하이젠베르크   사회주의들이란 정말ㅡ!

블라디노프   나치는 뭐 다릅니까.

그대 총통께서 뭐라고 하셨더라.

저런 동양인들이 아리아인들보다 열등하다고 했었던 것 같은데!

하이젠베르크   (자리에서 벌떡 일어나며) 할트 디 클랍페(Halt die Klappe)!

블라디노프   (맞서 역시 자리에서 일어나며) 오호라! 그래? 한번 해보자는 거냐!

기차 기적 소리가 짧게 여러 번 울린다.

보스   자리에 앉으십시오. 갑자기 왜들 그러십니까?

(사이)

아, 알았습니다.

그렇게 궁금해 하시니 제가 한 번 보여드리지요.

싸우지들 마십시오.

포크와 나이프를 내려놓는 보스
손으로 밥을 먹기 시작한다.

블라디노프   (해맑게 박수를 치며) 진짜군요! 진짜야! 세상에나!

인도인들은 정말 손으로 밥을 먹는군! 하하하핫ㅡ!

하이젠베르크   (자기 접시 옆에 있는 수건을 보스에게 던지며) 빨리 닦으시오.

더러워서 두고 볼 수가 없군.

블라디노프	(하이젠베르크가 어디로 가려 하자) 어디 가시나?
하이젠베르크	화장실.
	구역질이 나서 계속 있을 수가 없군.
블라디노프	그럼 같이 갑시다.
	술을 마셨더니 담배가 당겨서.
보스	두 분이 같이 가시는 겁니까?
블라디노프	마저 식사 편하게 하세요.
	나는 어차피 저 친구와 이야기를 좀 나눌 게 있어서.
보스	무슨 이야기입니까?
	나도 같이 들으면 안 되는 겁니까?
블라디노프	어른들끼리 할 이야기입니다. 어른들끼리. 아하하핫—
	(하이젠베르크를 보며) 인도놈들은 자기 주제를 모르는 것 같아요.

하이젠베르크와 블라디노프, 나란히 식당 칸에서 나간다.

두 사람이 귓속말을 하는 것을 관심 있게 바라보는 보스

보스	(다시 접시를 내려다보며) 예의 없는 것들 같으니.

수건으로 다시 손을 닦고

포크와 나이프를 집는다.

갑자기 포크와 나이프를 집어 던지는 보스

식당 칸으로 들어오며 그 모습을 지켜보는 인디아 간디

인디아 간디	화를 내는 건가요, 아니면 참는 건가요?
보스	(다소 놀라며) 아니! 당신은!
인디아 간디	멀리서 보니 아주 가관이더군요. 매우 굴욕적이고요.
보스	그냥 식사자리요.
인디아 간디	정치인에게 가장 중요한 자리가 바로 식사자리 아닌가요?
	아니면 아직도 스스로를 정치인이라고 생각하지 않나 보죠?
보스	시비를 걸고 싶다면 오늘은 그냥 가시오.
	나는 오늘 여기 싸우러 온 게 아니요. 나는 당신과 싸우기 싫소.
인디아 간디	어머! 웬일이에요!
	천하의 찬드라 보스가 싸움을 다 회피하다니!
보스	그만하시오! 당신 아버지를 봐서라도 내가 참을 테니.
인디아 간디	참는다고요? 기가 막히는군요!
	정말로 본인만이 인도를 대표한다고 생각하나 보군요.
	(사이)
	하지만 우리 인도 국민들이 알려나 모르겠네요.
	아까의 그 굴욕적인 모습을.
	구라파 강대국에게 어떻게든 잘 보이기 위해
	스스로 원숭이가 되기를 자청한 아까의 그 모습을.
	부끄러울 알아야죠! 우리 민족을 대표한다면서.
보스	민족?! 감히 당신 간디 일족이 민족을 들먹여!
인디아 간디	우리가 뭘 어쨌다고 그래요?
보스	당신 아버지! 마하트마!

지난 세계대전 때 당신 아버지가 우리 인도의 젊은이들에게

뭐라고 했었지?

영국을 위해서, 영국군으로 전쟁터에 나가 싸우라고 하지 않았나!

우리를 지배하고 괴롭히는 영국을 위해

남의 나라 전쟁에 뛰어 들어가 총알받이가 되라고 하지 않았냐고!

인디아 간디   달리 방법이 있나요.

그리고 지금 당신이 소련과 독일이랑 하려는 것도

크게 달라 보이지 않는데요!

보스   내가 소련과 독일이랑 계획을 세우는 것을 알고 있소?!

인디아 간디   그럼 내가 바보예요?!

떡하니 소련군 장교랑 독일 나치 장교랑 붙어 다니는데!

보스   그렇다면 내가 지금 하려는 일은 당신네 일족과는 정반대라는 걸 알

겠군.

인디아 간디   남의 전쟁에 끼어드는 건 같지 않나요!

보스   천만에.

나는 영국에 대항하는, 영국의 적들괴 협력하는 것이오.

하지만 당신 간디 일족은 영국의 편을 들었어.

인도의 독립을 이야기하는 자들이 어찌 영국을 위해 싸우라고

우리 인도의 젊은이들을 사지로 끌고 가게 한단 말이오!

기차 기적 소리가 유독 크게 울부짖는다.

인디아 간디	지금 이 기차가 어디로 가고 있죠?
	당신이 아무리 힘이 세다 해도 이 기차가 가는 방향을
	막을 수 있나요?
보스	세 치 혀로 이상한 말을 하려나 보군.
	역사란 한 개인이나 집단이 감당하기 힘든 거대한 물줄기예요.
	싸우는 것도 중요하지만 때론 타협을 해야 할 때도 있다고요.
보스	궤변! 궤변이오!
인디아 간디	지금도 그렇지만 그때는 더욱 우리 인도가 힘이 없었어요.
	어차피 영국이 우리 젊은이들을 징집할 땐데 그 전에 우리가
	먼저 이야기를 하는 게 나았다고요. 그렇게 해야 우리가 하는 말에
	더 힘이 실리니까.
보스	아니지! 끝까지 싸워야지!
인디아 간디	그러면 그 피해는 누가 보죠!
	지금 독립운동을 한다고 당장 내일 아침에 독립이 찾아오나요?
	영국은 그러면 가만히 있나요?
	당신처럼 영국 유학까지 다녀온 인텔리들이 책상에 앉아 정작
	영국에 대해 날을 세우면 결국 피해를 보는 건
	평범한 백성들이라고요.
	영국놈들이 자기 집에 있는 하인이나 농장에 있는 소작농들을
	가만히 둘 것 같아요?
	모든 건 다 때가 있어요.
	아무리 배가 고프고 목이 마르다고 해도 과일이 익을 때까지,

가을이 올 때까지 기다려야 한다고요.

그 전까지는, 어쩔 수 없어도 참고 인내하는 수밖에

다른 도리가 없는 법이고요.

보스   당신 아버지도 그렇고 당신 모두 민족의 반역자요.

인디아 간디   멋대로 생각해요. 다만 이것만 알아둬요.

독립운동도 결국은 정치라는 거.

정치란 사람들의 인기를 바라거나 따라가는 게 아니라

필요한 걸 하는 거예요.

원하는 걸 하는 게 아니라 필요한 걸 해야 하는 거라고요.

보스   그런 말과 생각이 바로 영국놈들이 원하는 것 아니오!

인디아 간디   우리도 독립운동을 하고 있어요. 평화적으로요.

영국은 물론 다른 모든 나라들이 공감하고 지지할 수 있는 방법이지요!

당신이 하는 건 뭐죠?

총을 들고 피를 보는 것. 그게 진정한 독립운동인가요?

오히려 영국놈들에게 빌미를 제공하고 꼬투리 잡힐 일만

계속 만드는 건 아니고요?

보스   독립은 쟁취하는 것이오. 협상하는 게 아니라.

인디아 간디   그 쟁취라는 것 때문에 누가 피를 흘리는데요?

영국인들만 피를 흘렸나요?

우리 인도인들은요? 그 불쌍한 사람들은 대체 뭐죠?

지난 세계대전 때 우리 아버지가 젊은이들에게 영국 전쟁에

나가라고 했다고 그렇게 비난하는 사람이 이제는 또 말이

달라지는군요.

(사이)

당신 논리라면 더더욱 우리 아버지가 하시는 평화 노선을 지지해야죠.

피 흘리는 사람이 있으면 안 되니까.

보스   끝까지 영국놈들의 앞잡이 같은 말만 하는군!

민족의 독립을 위해 피 흘린 사람들이 얼마나 많은데!

그 사람들의 희생을 값어치 없게 평가하지 마시오.

인디아 간디   정신 차려요! 찬드라 보스! 당신은 너무 당신의 세계에 갇혀 있어요.

보스   내 세계의 조국과 당신 세계의 조국이 다른가 보지?

인디아 간디   당신은 정치인이에요! 정치를 할 생각을 해야죠!

보스   정치를 하려면 우선 독립을 해야 할 것 아니요!

인디아 간디   (코웃음을 치며) 찬드라 보스.

제발 이름값을 좀 해요.

영국 사람들이 당신의 이름을 가지고 뭐라고 놀리는 줄 알아요?

보스   (빙그레 미소를 띠며) 알고 있소.

마피아 보스?

인디아 간디   발음이 비슷한 말장난이기는 하지만 평소 당신 성향 때문이기도 하죠.

대화보다는 폭력, 펜보다는 총을 먼저 꺼내려고 하니까요.

그런 별명 자체가 정작 우리 민족에게는 전혀 도움이 되지 않는다는

점 명심해요.

말 그대로, 보스라면 보스답게 경거망동하지 말라고요.

보스   당신이야말로!

	당신과 당신 아버지 마하트마야말로
	간디라는 이름에 막중한 책임감을 느껴야 할 것이오.
인디아 간디	책임감?
보스	우리 민족과 독립에 대한 책임감!
인디아 간디	그래서 그게 독일과 소련에 빌붙는 건가요?
	저 승냥이 같은 놈들에게?!
보스	영국은 다르오?
	지금 우리를 지배하고 있는 게 누구인지 잊었소?
인디아 간디	독일은 지난 세계 전쟁을 일으키고 패배한 나라예요.
	왜 그런 자들과 손을 잡으려고 하는 거죠?
보스	그럼 영국과 손을 잡으라는 거요?
인디아 간디	그렇다고 전쟁에서 진 실력도 없는 나라와 손을 잡다뇨!
보스	세상에 전쟁에서 한 번도 지지 않은 나라가 존재하오?
	당신 같은 여자가 군사에 대해 뭘 안다고!
	총을 잡아 본 적이나 있긴 하오?
인디아 간디	그러는 당신은 아나요? 내 눈에 지금 당신은 그냥
	군복 입은 어린아이 같다고요!
	세상에! 바로 몇 년 전, 영국에게 진 나라와 손을 잡으면서
	영국과 싸운다고?!
	영국이 알면 무서워할까요? 코웃음을 칠까요?!
보스	그럼 당신이라면 어떻게 할 건데?
인디아 간디	설득해야죠. 영국을 설득해야죠.

우리의 독립을 위해서

보스   (어이없다는 듯 크게 웃음을 터뜨린 후) 설득?!

당신이야말로 아버지나 설득할 수 있소?

내가 보기에 당신은 아직도 아버지조차 이길 수 없는,

정서적으로 독립마저 전혀 안 된 사람 같은데.

인디아 간디   독일은 영국을 이길 수 없어요.

보스   그러면 우리도 영국에게서 벗어날 수 없소.

인디아 간디   저번 전쟁에서 진 배상금도 아직 못 갚은 나라예요.

무엇보다 지금 독일은 우리 같은 인도인들을 미개하다고 말하는

인종차별 정책을 행하는 나라예요!

우리를 도와준다고 해도 무슨 꿍꿍이가 있을 거라고요.

보스   그게 바로 정치 아니요? 당신이 말한.

(사이)

현실적으로 생각하시오.

지금 우리에게 군대를 만들어주고 무기를 대 줄 수 있는 국가는

독일과 소련밖에 없소!

인디아 간디   왜 전쟁을 할 생각만 하죠?

현실적으로 영국군을 몰아낼 수가 있다고 생각해요?

보스   그래서 힘을 빌리는 것 아니오.

인디아 간디   그게 옳은 방법이냐고요?! 외세를 끌어들이는 게!

보스   인디아 간디.

(한숨을 한번 내뱉은 후) 그나저나 당신은 어디를 가려는 거요?

	대체 어디를 가기 위해 이 기차를 탔소?
인디아 간디	영국이요. 프랑스에서 내려 배를 타고 갈 거예요.
보스	영국으로 간다고?
	(인디아 간디가 고개를 끄덕이자) 정말 편한 길로만 가려고 하는군.
인디아 간디	아니요! 오히려 반대죠. 지금도 당신에게 비웃음을 당하고 있잖아요.
	당신만 독립을 위해 험한 길을 가고 있는 게 아니에요.
	나는 배까지 타고 가야 한답니다. 그 거친 파도를 뚫고요.
보스	(헛웃음을 치며) 정말 뭐라 할 말이 없군.
인디아 간디	협상을 하러 가는 거예요.
	우리의 것을 더 얻으려.
보스	당신이 무슨 자격으로?
인디아 간디	국민회의가 나에게 부여한 총재 대리 자격으로 우리 인도와 인도 국 민들을 대신해 영국과 협상하러 가는 거예요.
보스	국민회의? 총재 대리? 당신이?!
인디아 간디	그래요. 당신이 무책임하게 자리를 박차고 나간 총재 자리요.
보스	뭐가 어째?! 무책임?
인디아 간디	우리 인도와 민족을 위해 책임감을 가지라고?!
	그건 내가 당신에게 하고 싶은 말이에요.
	당신이야말로 인도 국민들이 믿고 권력을 맡겼더니 무책임하게
	도망간 사람에 불과해요.
보스	예상은 했지만 정말 빨리도 그 자리를 차지했군.
	내가 물러난 지 얼마나 지났다고!

이런 이유로 나를 쫓아낸 거군. 내 총재 자리와 내가 사용할 수 있었던

권력과 권한을 차지해 마음대로 하기 위해서!

인디아 간디   찬드라 보스. 남 탓하지 말아요.

총재 자리를 박차고 나간 건 당신이에요.

보스   그렇게 할 수밖에 없게 만들지 않았나!

인디아 간디   보스. 이 딱한 사람.

이거 한 가지는 확실하게 해두죠.

당신은 정치인이에요.

독립운동을 하든 뭘 하든 당신도 피할 수 없이 정치라는 걸

해야 하는 운명이라는 걸 부인하면 안 돼요.

사람들이 아무리 정치인을 욕하고 비난해도

감당해야 할 수밖에 없는 건 어쩔 수 없어요.

최고의원들이 사퇴한 게 다 우리 아버지 입김 때문이라고 생각해요?

보스   그럼 그게 아니면 무엇이오?

인디아 간디   나나 우리 아버지는 당신의 무장투쟁에 반대하는 입장이에요.

그건 당신도 알고 온 인도 국민들이 알고 있어요.

그런데 당신에 반대하는 제스처를 취하는 게 뭐가 문제죠?

우리는 우리가 할 일을 한 것뿐이에요.

당신 생각에 동의하지 않는 또 다른 방법을 주장하는

한 정치 세력으로서요.

보스   지금은 독립운동 중이오.

하나로 뭉쳐도 시원찮을 판에 내 의견에 반대하고 있지 않소.

인디아 간디	그럼 모두가 당신의 뜻대로 따라야 하나요?
	독립운동을 당신 혼자 해요?
	독립운동을 어떻게 할지 그 방법과 생각은 다 다를 수 있어요.
	무조건 영국과 무장투쟁을 하자는 당신의 생각만이
	정답은 아니라고요.
	당신의 그 독단적인 행동에 우리는 우리의 의사를 개진한 것뿐이에요.
	그것이 왜 우리가 반민족적인 일을 한 거죠?
	당신 말을 따르지 않아서? 당신과 생각이 달라서?
	왜 우리는 무조건 당신의 뜻에 따라야 하죠?
	모든 인도 국민들이 당신이 생각하는 대로만 움직여야 하나요?
	그렇다면 대체 당신이 영국과 다를 바가 뭐가 있죠?
	아! 그래서 독일하고 손잡는 건가요?
	당신도 히틀러처럼 되고 싶어서?!
보스	뻔뻔하군.
	정정당당한 투표로 선출된 총재를 내쫓아냈으면서
	국민들을 들먹이다니.
인디아 간디	말은 똑바로 해요.
	누가 당신을 쫓아냈나요?
	당신은 당신 스스로 그만둔 거라고요!
보스	그걸 말이라고 해!
	최고의원들이 일부러 집단행동으로 다 사퇴해서
	일을 하나도 못 하게 만들었는데!

인디아 간디	다 적법한 절차대로 한 거예요.
	아까도 말했지만 우리는 우리가 할 수 있는 수준에서
	우리의 의견을 표현한 것뿐이고요.
	찬드라 보스.
	정치인답게 그리고 어른답게 굴어요.
	이유가 어쨌든 그 자리를 그만둔 건 당신이에요.
	그리고 우리 의원들 핑계 댈 필요 없어요.
	그동안 우리 쪽 사람들을 설득 못 한 것도
	당신이 사람들의 지지를 더 받지 못한 것도
	누구를 탓할 필요 없어요.
	다 당신이 책임져야 할 일이라고요.
	정치인이라면 자신에게 정적이 많은 것도,
	그리고 상대를 설득 못하고 자기편으로 못 만든 것까지 모두 다
	자기 능력 탓이라고 생각해야죠.
보스	영국놈들의 밀정이 다 됐군.
	영국놈들이랑 어디까지 한패가 된 거야?
인디아 간디	우리 간디 가문을 모욕하지 말아요!
	어쨌든 지금 인도에서 가장 영국과 척을 세우고
	독립운동을 하는 건 우리 간디 가문이에요!
보스	척하는 것뿐이겠지!
인디아 간디	찬드라 보스. 당신은 정치를 모르는군요.

아다니가 식당 칸으로 들어온다.

아다니	네타지.
	아직 식사 중이십니까?
보스	(아다니가 인디아 간디를 보자마자 바로 경계하는 자세를 취하자)
	괜찮아.
아다니	네타지.
	하지만 저 여자는….
보스	간디의 딸이자 자칭 평화주의자인 저 사람은
	영국으로 간다는군.
아다니	그렇다면 더더욱 가만두면 안 되지 않습니까!
보스	가만히 안 두면, 뭘 어쩌겠다는 건가? 위협이라도 할 텐가?
	저 여자도 자기 딴에는 우리 인도를 위해
	일을 하러 가는 것이라는데.
	(인디아 간디를 보며) 걱정하지 마시오.
	그래도 사내 둘이 한낱 아녀자 따위를 겁내이
	해코지라도 하겠소?
인디아 간디	마지막 말은 못들은 걸로 하죠.
	네타지— 어리석은 지도자여.
보스	(애써 인디아 간디를 무시하고 아다니를 보며)
	무슨 일로 온 것이냐?
아다니	이, 이제 곧 기차가 정차한다고 합니다.

보스	구라파의 기차는 정말 빠르군.
	서쪽으로 가면 갈수록 더욱 빨라지는 것 같아.
아다니	소련과 독일군 장교가 다시 침대칸으로 돌아오시라고 합니다.
	곧 우리를 도와줄 다른 동맹국에서 온
	장교가 합류한다고 합니다.
보스	다른 동맹국? 어디?
아다니	그건 잘 모르겠습니다.
보스	알았다.
인디아 간디	(자리에서 일어나 자신을 지나치는 보스를 붙잡으며)
	보스. 자신이 지금 어디로 향하는지, 무엇을 하려고 하는지
	다시 한 번 잘 생각해 봐요.
보스	(인디아 간디를 뿌리치며) 이거 놓으시오.
	당신네와는 이제 더 이상 할 말이 없소.
인디아 간디	대체 무엇을 위해 싸우려는 건가요?!

그대로 식당 칸에서 나가버리는 보스

인디아 간디	가세요! 안락한 침대가 있는 곳으로요!
	(사이)
	정치는 혼자 성인군자가 되는 게 아니에요.
	정치라는 건 각자 서로의 이해관계를 조정하는 거라고요.

짧게 한 번 기적이 울고

기차가 멈춘다.

암전

4막

새벽.

1등 침대칸

블라디노프와 하이젠베르크가 서로 마주 보며 앉아 있다.

보스   (침대칸으로 들어오며) **언제부터 여기 계셨던 겁니까?**

           왜 식당 칸으로 오시지 않고요?

하이젠베르크 바로 옆에 앉으려는 보스

그러자 하이젠베르크가 자리에서 일어나 블라디노프 옆에 가서 앉는다.

할 수 없이, 혼자 블라디노프와 하이젠베르크 맞은편에 앉는 보스

하이젠베르크   우리끼리 할 이야기가 있었소.

블라디노프   당신 그 쫄다구가 말 안 하던가요?

보스   안 했습니다.

두 분이서 무슨 말씀을 나눴는지 여쭤 봐도 될까요?

하이젠베르크   별거 아니요.

당신네 인도에 관한 주제는 아니니 신경 쓰지 마시오.

보스   그, 그렇습니까?

블라디노프   (보드카 병을 들어 보이며) 그냥 둘이서 술을 나눠 마시며

여자 이야기를 한 게 답니다.

그래도 명색이 둘 다 장교인데 은근히 보는 눈이 많아서 말입니다.

아하하핫―

보스   (방백. 차창 밖을 보며) 아직도 어둡군. 아무것도 안 보여.

여기가 어디입니까?

블라디노프   단치히입니다.

보스   단치히?

블라디노프   폴란드 땅이죠.

하이젠베르크   폴란드 땅이라뇨?!

우리 독일 제3제국의 땅이요!

블라디노프   (손사래를 치며) 알았어요! 알았어! 또 시작이군!

독일과 폴란드의 국경 도시입니다.

하이젠베르크   폴란드 놈들이 우리 땅이었던 곳을 훔쳐갔소!

이것 역시 그 비열한 영국 놈들 짓이오.

지구상에서 가장 상종 못 할 놈들! 그놈들은 항상 권리도 없으면서

남의 땅에 자기 멋대로 국경선을 짓지.

보스 동감합니다.

하이젠베르크 당신네 인도도 영국의 시달림에 고통 받고 있지 않소?!

보스 맞습니다.

블라디노프 당신이 믿을 건 우리밖에 없다 이 말입니다. 알겠어요?

아하하핫—

길게 두 번 울리는 기적 소리

기차가 다시 움직이기 시작한다.

블라디노프 이제 독일로 들어서는군요.

하이젠베르크 아까부터 독일이었다니까!

블라디노프 알았어요. 알았어. 나 참— 누가 고지식한 독일인 아니랄까 봐—

(보스를 보며) 떨리나요?

보스 아, 아닙니다. 괜찮습니다.

블라디노프 독일.

전쟁 때문에 이미지가 그래서 그렇지 사람들도 친절하고

음식도 맛이 있고… 꽤 괜찮은 곳입니다.

하이젠베르크 (블라디노프가 자신을 보고 어깨를 으쓱하자) 칭찬 고맙군요. 동무.

(보스를 위아래로 훑어보며) 찬드라 보스.

당신은 곧 제3제국의 지도자이신 아돌프 히틀러 총통 각하를 뵙게 될

것입니다. 그 무엇보다 크나큰 영광으로 생각하시오.

보스   뵙기 전에 한 번 더 우리가 여기서 합의한 사안들에 대해 맞춰 보고

          확정했으면 좋겠습니다.

하이젠베르크   우선 그보다 먼저!

보스   더 급한 게 있나요?

하이젠베르크   총통 각하를 뵐 때 갖추어야 할 예에 대해 숙지하도록 하시오!

보스   그건 아무래도 좋습니다. 벌써 독일에 왔습니다. 더 늦기 전에 마지막

          으로 합의를 보는 데 빼먹은 부분은 없는지 확인하고 싶은데요.

블라디노프   마음이 급하군.

          (보드카 병을 들며) 조급하게 그러지 말고 한 잔 시원하게 들이켜요.

하이젠베르크   독일에 왔으니 독일의 예를 배우시오.

보스   독일에 왔으니 확실한 보장을 받아야겠습니다.

짧게 여러 번 울리는 기차 기적 소리

블라디노프   보드카도 다 떨어졌네….

보스   (하이젠베르크를 보며) 당신이나 독일을 못 믿는 게 아닙니다.

          혹여나 총통을 뵐 때 잘못된 말이 나오면 안 되니까요.

          (하이젠베르크가 고개를 끄덕이자)

          총통께서는 우리 인도의 독립을 지지하시는 것이지요?

하이젠베르크   그렇소.

보스   (이번에는 블라디노프를 보며) 소련도 마찬가지고요?

블라디노프	그렇지요.
보스	(다시 하이젠베르크에게 고개를 돌리며) **독일 제3제국**은 우리 인도의 독립을 방해하고 우리 인도의 주권을 침해하는 적을 위해 싸워 줄 용의가 있는 것이지요?
하이젠베르크	그렇소.
보스	소련도요?
블라디노프	우리도 크게 공감하고 있다. 일단은 이렇게만 알아 두시면 됩니다. 아하하핫ー
보스	독일 제3제국은 우리 인도의 독립을 위해 군사적 도움을 줄 건가요?
하이젠베르크	그렇소.
보스	또한 독일 제3제국은 우리 인도의 독립을 위해 경제적 혹은 물질적 도움을 줄 건가요?
하이젠베르크	군사적 목적과 우리의 이해관계에 부합할 때, 도움을 아끼지 않을 것이오.
보스	독일 제3제국이 제공하는 군사적 도움은 구체적으로 어떤 도움입니까?
하이젠버그	무기는 물론 인도군 병사 징집과 군사 훈련까지 도울 것이오.
보스	인도 독립을 위한 인도 독립군에 실질적인 도움을 준다는 겁니까?
하이젠베르크	인도 독립군의 창군부터 전투 참여까지 모든 일련의 과정에서 우리 독일 제3제국 군대는 인도에 실질적인 도움이 될 것이오.
보스	소련은요?
블라디노프	우리는 인도 독립군이 영국군과 싸울 때 길잡이 역할을 하죠.

	동부전선 및 아시아 전선으로 가는 기차와 보급품 지원을 담당할 거요.
보스	독일 제3제국은 우리 인도 독립군의 군사 훈련도 책임지기로 했습니다.
	확실하지요?
하이젠베르크	그렇소.
보스	실제 독일군 장교단이 훈련을 지휘합니까?
하이젠베르크	그렇소.
보스	명망 있고 실력 있는 사람이 지휘합니까?
하이젠베르크	몇 명 물망에 오른 사람이 있소.
보스	예를 들어 누구입니까?
하이젠베르크	그런 것까지 다 말해줄 필요는 없어 보이는데…
블라디노프	그냥 말해줘요. 찜찜하면 나중에 바꾸면 될 것 아니오.
	어린아이 달랜다고 생각해요. 너무 뻣뻣하지 굴지 말고―
하이젠베르크	롬멜이라는 젊은 친구가 하나 있소.
보스	롬멜?
	신뢰할 수 있는 자입니까?
하이젠베르크	(어이없다는 표정을 지은 후 할 수 없다는 듯) 다소 건방진 면이 있지만
	그만큼 열정이 뛰어난 젊은 친구요.
보스	알겠습니다.
하이젠베르크	(알 수 없는 미소를 지으며) 아직도 더 확인이 필요한 게 있소?
보스	독일을 못 믿는 게 아닙니다.
	제국주의 열강들을 못 믿는 것뿐이지요.
블라디노프	우리는 영국이나 불란서 놈들과는 다릅니다!

특히 우리 소련은 노동자들이 만든 나라요.

(목소리를 크게 높이며) 자본주의 부르주아 제국들과는 결이

다르단 말이오! 아하하핫─

(자리에서 일어나며) 실례하오. 잠시 화장실을 좀.

술을 너무 마셨는지 소변이 급하구려.

자리에서 일어나 침대칸에서 나가는 블라디노프

보스   마지막으로 하나만 더 물어봐도 되겠습니까?

하이젠베르크   말하시오.

보스   혹시 유보트도 제공을 해 주는 겁니까?

하이젠베르크   유보트? 잠수함 말이오?

             그것까지 굳이 필요합니까?

보스   인도까지 걸어서 갈 수는 없지 않습니까!

하이젠베르크   소련을 지나 기차로 가시오.

             (블라디노프가 나간 문을 가리키며) 저들이 도와줄 것이오.

보스   소련을 믿습니까?

             저는 소련을 못 믿겠습니다.

하이젠베르크   당신은 공산주의자 아니요?

보스   나는 볼셰비키가 아닙니다.

하이젠베르크   그러면 사회주의자요?

             그래서 인도에서 쫓겨난 것으로 알고 있는데.

보스	아닙니다.
	(손사래를 치며) 그런 이유로 인도를 떠난 게 아닙니다.
	(사이)
	공산주의자든 사회주의자든 아시아인은 소련을 믿지 않습니다.
	제정 때부터 우리를 포함해 아시아 많은 나라들을 호시탐탐 노린 나라입니다.
	솔직히 우리 땅에서 영국이 물러나면 언제 또 북쪽에서 밀고 내려올지 모르는 사람들이죠.
하이젠베르크	나가자마자 바로 흉을 보는군.
보스	끝까지 저희와 같이 할지도 모르겠습니다.
	저자만 해도 오자마자 술에 취해서 도중에 나가 버리지 않습니까.
하이젠베르크	그래서 쫓겨난 것이오?
보스	네? 뭐라고요?
하이젠베르크	대답하시오.
	대체 인도에서는 왜 쫓겨난 것이오?
보스	쫓겨난 게 아닙니다.
	나 스스로 떠나 온 겁니다.
하이젠베르크	그러니까 그 이유가 무엇이오?
	사람들과 싸웠소? 그리고 패한 것이오?
보스	패하기는! 그렇지 않아요!
하이젠베르크	(잠시 보스를 쳐다보고는) 인망을 얻지 못한 것이오?
보스	그런 걸 왜 물어보는 겁니까!

<table>
<tr><td></td><td>단지 내 개인사일 뿐입니다.</td></tr>
<tr><td>하이젠베르크</td><td>아니지. 아니지. 그건 아니지.</td></tr>
<tr><td></td><td>우리 제3제국은 어쩌면 당신 하나만 믿고 인도를 지원하는 것이오.</td></tr>
<tr><td></td><td>당신 말대로 지나칠 정도로 말이오.</td></tr>
<tr><td></td><td>그러니 당신이 인도에서 쫓겨 난 이유를 묻는 건</td></tr>
<tr><td></td><td>단순히 당신의 개인사가 아닌 군사적인 중대한 사안이오.</td></tr>
<tr><td>보스</td><td>(목소리를 높이며) 쫓겨난 게 아니라고 하지 않았습니까!</td></tr>
<tr><td></td><td>(사이)</td></tr>
<tr><td></td><td>당신네 전쟁부 엘리트 장교들은 전략을 잘 짜지만</td></tr>
<tr><td></td><td>정보 수집 능력은 떨어지나 보군요.</td></tr>
<tr><td></td><td>내가 믿을만한지 아닌지도 확인하지 않고 당신을 이 기차에</td></tr>
<tr><td></td><td>타게 했으니 말이오.</td></tr>
<tr><td>하이젠베르크</td><td>(빙그레 미소를 짓고 한 손으로 무릎을 딱 치고는) 과연!</td></tr>
<tr><td></td><td>영국에 맞설 정도로 용기 있는 자이긴 하군!</td></tr>
<tr><td></td><td>보기보다 똑똑하기도 하고!</td></tr>
<tr><td></td><td>(보스를 달래듯이 한결 부드러운 목소리로) 물론 알고 있소.</td></tr>
<tr><td></td><td>잘 알고 있죠. 그냥 한 번 확인차 물어본 거요.</td></tr>
<tr><td></td><td>당신도 유보트를 달라고 이야기를 하니까….</td></tr>
</table>

짧게 여러 번, 기차 기적 소리가 울린다.

하이젠베르크　당신이 생각하기에….

	당신이 문제가 있는 것 같소?
	아니면 사람들이 문제가 있는 것 같소?
보스	어떤 사람들 말입니까?
	나를 뽑아준 사람들 말입니까?
	아니면 나를 몰아낸 사람들 말입니까?
하이젠베르크	상관없소.
	그들은 다를 수도 있지만 경우에 따라서는 당신의 발목을
	잡을 수 있다는 점에서 똑같을 수도 있으니까.
보스	나는 우리 인도 국민들을 위해 존재하는 사람입니다.
	나를 의장으로 뽑아준 사람들이죠.
하이젠베르크	하지만 당신이 스스로 그 자리에서 물러나도록 하지 않았소?
보스	그건 나를 반대하는 최고의원들이 한 짓입니다.
하이젠베르크	그 사람들도 인도 국민들이 뽑아준 사람들 아닙니까?
	(보스가 아무 대답을 못하자)
	무엇보다 당신들이 투표를 해서 대표를 뽑는 소위
	민주적 절차라고 하는 것 역시 영국놈들의 잔재 아니요?
	원래 당신들 인도인들은 민주주의가 아니었잖소?
	그런데 왜 당신들이 지배하는 영국에 저항하면서 모순적이게도
	그들이 하는 정치체제를 아무 비판 없이 따라하려 하는 것이오?
보스	하고자 하는 말이 뭡니까?
하이젠베르크	우리 총통께서는 아마 마지막으로 이 질문을 하실 것이오.
	(사이)

찬드라 보스.

네타지.

영국놈들을 몰아내고 다시 나라를 되찾는다면

나라를 어떻게 만들 생각이오?

우리 제3제국과 같은 파시즘 국가로 점차 발전시킬 생각은 없으시오?

보스   파시즘이요? 저보고 파시스트가 되라는 겁니까?

하이젠베르크   민주주의가 좋소?

보스   민주주의가 좋은지 여부를 딱히 생각해 본 적이 없습니다.

하이젠베르크   그게 바로 문제요.

            민주주의의 가장 큰 약점이자 해악은 바로 민주주의가 절대선이고

            완벽하다고 생각하게 만든다는 것 그 자체에 있소.

보스   민주주의를 포기하고 파시스트 국가가 되는 것이

            당신들의 도움을 받는 조건입니까?

하이젠베르크   강요하는 건 아니요.

            다만 우리 총통께 어떻게 대답을 할지는 미리 생각을 해야 할 거요.

보스   역시나 틀림없군요.

            기브—앤드—테이크.

하이젠베르크   (어깨를 으쓱하며) 기븐—운드—니믄(Geben und Nehmen)

            (완장에 그려진 하켄크로이츠를 가리키며) 이 문양도 당신들 인도와

            관련이 깊지 않소? 만다라였나? 당신들 종교 말이야.

보스   만다라는 불교 그림입니다.

하이젠베르크   불교가 인도에서 나온 종교 아니었나?

아무튼 좋소! 이런 완장 같은 거 당신들은 안 해도 좋아요.

대신 우리와 같은 파시스트 국가를 만드시오.

비록 아직 미개하기는 하지만 그 넓은 영토와 사람들 그리고

어마어마한 자원을 가진 그대 인도가 같이 영국과 맞서 싸우고

앞으로 계속 우리 제3제국과 운명을 같이 한다면 총통께서는

더욱더 기꺼워하실 것이오.

보스　　　　　파시스트… 파시즘….

하이젠베르크　아까도 말했지만

전쟁이 끝난 후를 생각해야 할 것 아니오.

당신이 권력을 잡았을 때를.

(보스가 말없이 자신을 쳐다보자) 무엇이 당신을 승리자로 만들지

생각해보란 말이오.

보스　　　　　무엇에 대한 승리를 말하는 겁니까?

하이젠베르크　당연히 영국에 대한 승리겠지. 그리고 또… 그 이후에는….

무슨 말인지 아마 알 것이오.

(사이)

또 다시 선거에서 이기고도 쫓겨나는 그런 굴욕은 없어야 하지

않겠소!

짧게 여러 번, 기차의 기적 소리가 울린다.

하이젠베르크　당신을 지금 이렇게 타국의 흔들리는 기차 안에서

고생하게 만든 것이 무엇인지 잊지 마시오.

민주주의? 영국놈들이 당신 나라를 오염시킨 것들 중

하나에 불과하오.

당신이 인도를 독립시키려는 이유가 무엇 때문이오?

인도를 다시 인도답게 하려는 것 아니오?!

보스 　　　　인도를 다시 인도답게?

하이젠베르크 (차창 밖을 보며) 평화롭군. 한결 평화로워.

　　　　　　 (보스에게 다시 시선을 돌린 후) 아무튼.

　　　　　　 소련이 길을 막을 때를 대비해서 유보트도 필요하다?

　　　　　　 좋소. 일단 따로 상부에 건의는 올리도록 해보겠소.

보스 　　　　가, 감사합니다.

하이젠베르크 마지막으로 한 가지 더 할 말이 있소.

보스 　　　　뭡니까?

하이젠베르크 북아프리카와 중동에서의 임무가 끝나면

　　　　　　 바로 인도 본토로 들어가지 말고 그 전에

　　　　　　 말레이 반도 아니면 버마부터 갈 수도 있다는 점도 알아 두시오.

보스 　　　　버마요?

하이젠베르크 어차피 버마는 바로 인도 옆 나라 아니오?

　　　　　　 어쨌든 수적으로나 사기 면에서 재정비할 시간이 필요할 테니

　　　　　　 우선 거기서 몇 가지 작은 임무를 수행하다가 기회를 봐

　　　　　　 인도로 들어가는 게 더 합리적일 것이오.

보스 　　　　그럼 대체 인도에는 언제 들어갈 수 있는 겁니까?

하이젠베르크   어차피 서둘러 인도로 상륙할 수는 없소.

              그곳에 있는 우리의 또 다른 동맹국을 도우며 잠시 숨을 돌리시오.

보스   또 다른 동맹국? 또 다른 동맹국이 있단 말입니까?

              거긴 어디입니까? 대체 누구입니까?!

하이젠베르크   (무시하며) 인도 상륙은 그 후에 하면 될 것이오.

              (다소 달래는 말투로 부드럽게) 어찌 처음부터 하고 싶은 대로 다

              일이 이루어지길 바라오?! 뭐든 건 다 순서가 있는 법 아니오!

보스   힘이 드는군요.

              힘이 없다는 것은.

하이젠베르크   행여 총통 각하를 만나서라도 인도 상륙 이야기는 하지 마시오.

              인도 상륙이라는 말만 꺼내도 아까 약속한 우리의 지원은 없는 것으

              로 철회하겠소.

보스   알겠습니다.

짧게 한 번 기적이 울리고

기차가 멈춘다.

하이젠베르크   거의 도착을 했군.

보스   베를린입니까?

하이젠베르크   바로 다음 역이요.

보스   긴장되는군요.

하이젠베르크   총통 각하를 뵈었을 때 지켜야 할 것들이 있소.

첫째, 절대 말대꾸를 하지 마시오.

보스   알겠습니다.

하이젠베르크   둘째, 용모를 깔끔하게 하시오.

지금도 얼굴이 시커멓소. 꼭 씻도록 하시오.

보스   원래 피부색이 그런 것뿐이오.

하이젠베르크   아무튼 씻으시오.

그리고 셋째, 연회 자리에서 식사로 개고기나 원숭이 고기 같은 것을

요구하지 마시오.

우리 총통께서는 채식만 하시는 분이시오.

고기가 나오는 것 자체가 큰 배려이니 절대 개고기나

원숭이 고기를 달라고 하지 마시오.

보스   나는 그런 거 안 먹습니다.

하이젠베르크   그렇다면 다행이군.

마지막으로 경례를 제대로 절도 있게 하시오.

(나치식 경례를 하며 시범을 보인다.)

보셨소? 이렇게 절도 있게 말이오.

보스   무슨 왕을 알현하는 것 같군요.

하이젠베르크   물론 우리 총통께서는 왕은 아니십니다.

우리가 아프리카나 아시아 국가들처럼 미개한 국가는 아니니까.

보스   (방백) 왕도 없고 민주주의도 필요 없는⋯.

하이젠베르크   이해했소?

(보스가 고개를 끄덕이자)

당신이 데리고 다니는 그 꼬마에게도 꼭 주지시키시오.

보스　　　　　이름이 있는 사람이요. 이름은 아다니요!

하이젠베르크　카스트는 어떻게 됩니까?

보스　　　　　카스트요?

하이젠베르크　무엇이 인도다운 것인지 잊지 마시오.

　　　　　　　(사이)

　　　　　　　아! 그리고!

보스　　　　　뭐가 또 있습니까?

하이젠베르크　영국 역사에 대한 짧은 이야기나 농담을 몇 가지 준비하시오.

보스　　　　　영국 역사와 농담이요?

하이젠베르크　사실 총통 각하께서는 영국 문화를 좋아하시오.

　　　　　　　그대 인도인들이 영어를 배우고 쓸 줄 안다는 점 때문에

　　　　　　　그나마 열등한 동양인임에도 존중해 주시는 것이오.

　　　　　　　그래도 걱정하지는 마시오. 영국 문화를 좋아하는 것과

　　　　　　　영국과 전쟁을 해야 한다는 대의를 혼동하시는 분은 아니니까.

　　　　　　　아! 크리켓 좋아하시오?

　　　　　　　나는 그 크리켓이란 운동이 뭔지 도통 모르겠지만

　　　　　　　총통께서는 꽤나 즐기신답니다.

보스　　　　　사실 저도 좋아합니다.

　　　　　　　(한숨을 쉬며) 어쩌겠습니까.

　　　　　　　문화란 어려서부터 영향을 받는 것이니….

　　　　　　　어릴 때야 뭘 모르니까 따라했던 거고

나이 들어 뭘 알고 떼어내려고 해도 힘들더군요.

크리켓… 그 놈의 크리켓….

하이젠베르크   그러면 나는 이만 물러나겠소.

여기도 나름 보는 눈들은 있으니

다음 베를린에서 같이 한 방에서 나오는 모습은 피차 득이 안 되니까.

(자리에서 일어나며) 이따가 베를린 역사 옆에서 다시 뵙지요.

총통관저로 가는 차량이 기다리고 있을 것이오.

보스   (따라 일어서며) 수고하셨습니다.

하이젠베르크   좀 씻으시오.

고약한 냄새가 나는군.

식당 칸에서 나가는 하이젠베르크

잠시 후, 아다니가 들어온다.

아다니   네타지.

다음 역이 베를린이랍니다.

보스   (자리에 다시 앉으며) 알고 있다.

아다니   잘 되겠지요?

(보스가 말이 없자) 네타지?

보스   자네 혹시 무슨 냄새 안 나나?

아다니   냄새요?

잘 모르겠습니다.

보스	자네.
	오늘 씻었나?
아다니	아직 못 씻었습니다.
보스	어서 자네 먼저 씻게.
아다니	씻으라고요?
	곧 베를린에 도착합니다.
보스	머리라도 감게.
아다니	네타지.
	저는 괜찮습니다. 냄새가 나지 않습니다.
보스	시키는 대로 하게.
아다니	저희 잘 되겠지요?
	(보스가 말이 없자) 네타지?
보스	이보게ㅡ 자네ㅡ
	자네 카스트가 뭔가?
아다니	네?! 그게 무슨 말씀이신지?
보스	주제넘게 나서지 말고 자네는 시키는 거나 잘 하게. 알았나?
아다니	(바로 고개를 숙이며) 아, 알겠습니다. 죄송합니다.
보스	(한숨을 길게 쉰 후) 히틀러를 만났을 때 지켜야 할 것들이 있네.
	첫째, 절대 말대꾸를 하지 말게.
아다니	알겠습니다.
보스	둘째, 용모를 깔끔하게 해라.
	지금도 우리 얼굴이 시커멓다고 하더군.

아다니	뭐라고요?!
	저런 영국놈들과 다를 바 없는 인종차별주의자들!
보스	그만! 제발 자네 주제를 좀 알아!
	화를 내도 내가 내네. 자네는 그냥 나를 믿고 시키는 것만 해!
	(아다니가 다시 고개를 숙이자) 독일놈들이 인종차별을 한다는 건
	이미 다 알고 있던 사실 아닌가.
	협상 중인 파트너에게도 그럴 줄은 몰랐지만…
아다니	저희를 파트너로 생각하기는 하는 걸까요?
보스	아까 그 사람도 결국은 정치인이니까.
	자기 윗사람한테 잘 보이고 싶은 거겠지.
	아무튼 그 자가 시킨 대로 하게.
	그리고.
아다니	또 뭐가 있습니까?!
보스	연회 자리에서 식사로 개고기나 원숭이 고기 같은 것을
	요구하지 말라더군.
아다니	저는 그런 거 안 먹습니다.
보스	나도 안 먹네.
아다니	저 사람들. 영국놈들보다 더 합니다!
보스	아직 안 끝났네.
	(사이)
	경례를 절도 있게 제대로 하라더군.
아다니	경례요? 독일놈들이 서로 만나면 하는 그 요상한 경례 말입니까?

자리에서 일어나 나치식 경례를 해보는 보스

보스   어때? 비슷한가?

아다니   꼭 해야 합니까?

보스   저놈들 인사인 걸 어떡하겠나. 로마에 가면 로마법을 따라야지.

다시 나치식 경례를 하는 보스

아다니도 옆에서 따라한다.

아다니   (나치식 경례를 계속 연습하며) 네타지.

                      저희가 지금 잘하고 있는 거 맞습니까?

보스   (역시 나치식 경례를 계속 연습하며) 아까부터 궁금한가 보군.

                      왜?

                      불안한가?

아다니   잘하고 있는 건지 모르겠습니다.

                      오, 신이시여—!

                      지금 저희가 무엇을 해야 하는지 알려주십시오.

보스   믿음을 가져라!

                      지금 우리가 최우선으로 생각해야 할 것은

                      영국으로부터 독립을 해야 한다는 것이다.

                      그건 신이 우리에게 주신 과제이기도 해!

아다니   하지만 그렇다고

저 사람들의 말을 듣고 또 같이 손을 잡아야 하는지 모르겠습니다.

보스 　적의 적은 우리의 친구.

영국과 싸우고 있는 가장 세력이 큰 저 두 나라다.

아다니 　(나치식 경례 연습을 멈추며) 그래도 뭔가 기분이 좋지 않습니다.

보스 　기분?

(나치식 경례 연습을 멈추고 아다니 앞으로 가까이 다가가)

기분이라니! 민족과 독립을 위한 큰일을 하는데 순간 기분에 좌우되

다니!

이보게! 아다니!

아다니 　네. 말씀하십시오.

보스 　(잠시 아다니를 쳐다보더니) 아니네. 됐네.

아다니 　왜 그러십니까?

보스 　별 것 아니네. 신경 쓰지 말게.

아다니 　말씀해주십시오. 무슨 문제가 있으십니까?

(보스가 대답을 안 하자 어쩔 줄 몰라 하며) 나중에라도―

필요한 게 있으시면 말씀하십시오.

보스 　(방백) 나중이라?

글쎄… 자네와 내가 앞으로도 이렇게 같이 속없이 이야기를 나눌 수

있을지 모르겠네.

아다니 　네타지.

보스 　말하거라.

아다니 　궁금한 것이 또 있습니다. 여쭤 봐도 될런지요?

보스	(일부러 밝은 표정을 지으며) 말해 보거라.
아다니	저 소비에트와 독일 나치는 나중에 어떤 역사적 평가를 받을까요?
보스	영국과 프랑스의 제국주의를 물리친 것으로 평가될 것이다.
아다니	정의로운 나라들로 기억될까요?
보스	역사에 정의로운 것이 어디 있나?
	우리는 영국의 지배에서 벗어나기만 하면 된다.
아다니	영국으로부터 독립을 하기 위해선 뭐든 다 해도 된다는 말입니까?
보스	그렇다! 뭐든 상관없다!
	독립을 위해서라면 나는 악마와도 손을 잡을 수 있다!
아다니	그러면 독립을 한 다음은 어떡합니까?
보스	그게 무슨 말이냐?
아다니	악마는?
	악마는 누가 물리칩니까?

길게 두 번 기적 소리가 울리고

기차가 다시 출발한다.

아다니	과연 비슈누 신께서 좋아하실까요?
	(보스가 아무 대답을 하지 않자) 네타지! 네타지? 보스?
보스	때가 되면 알겠지.

이때, 누군가 문을 두드리는 소리가 들린다.

문을 열고 나가는 아다니

아다니   (다시 침대 칸으로 들어와) 네타지.

                어떤 장교가 네타지를 만나 뵙고 싶어합니다.

보스   장교?

                독일군 장교라면 기차에서 내려 만나기로 했는데…

아다니   독일군 장교가 아닙니다.

보스   그러면 소련군 장교인가?

아다니   아닙니다. 그자는 술에 취해 식당 칸에서 자고 있습니다.

보스   그럼 대체 누군가?

아다니   일본군 장교입니다.

보스   일본?

아다니   일본도 지금 영국하고 싸우고 있지 않습니까?!

보스   또 다른 동맹국이라는 게 일본이군.

            들어오시라고 하게.

침대 칸 한쪽 벽에 그림자가 나타난다.

그림자를 보고 인사를 하는 보스

보스   (그림자를 앞에 두고 혼자 듣고 말하는 형식으로)

            영국놈들을 몰아낼 수 있는 아이디어가 당신들에게도 있다고요?

            그게 뭡니까?

임팔 작전?

버마에서 영국놈들을 한 번에 쓸어버리겠다고요?!

좋습니다! 좋아요!

대동아공영권?!

그건 또 뭡니까?

아시아의 문제는 우리 아시아들 스스로 결정하자?

(고개를 끄덕이며) 구미가 당기는군요. 좋습니다. 좋아요!

아다니   네타지!

보스   왜 그러느냐?

자네는 어서 가서 씻게!

아다니   (차창 밖을 가리키며) 저기 밖을 보십시오.

일출입니다.

태양이 뜨고 있습니다!

세상에! 서쪽으로 달려왔는데 이곳에도 태양이 뜨다니!

보십시오! 저 떠오르는 태양을 보십시오!

서서히 암전

짧게 여러 번

그리고 길게 여러 번 기차가 시끄럽게 울어댄다.

END

이어달리기 혹은 릴레이

[배경]

지금 여기 어딘가

[등장인물]

김 선생님   1반 담임 교사. 남성

송 선생님   2반 담임 교사. 여성

박 원장님   1반 학부모 대표. 의사

이 작가님   2반 학부모 대표. 작가

[무대]

초등학교 교실

김 선생님, 송 선생님, 박 원장님, 이 작가님이 동그랗게 둘러 앉아 있다.

지문 외 행동과 몸짓은 배우가 하고 싶은 대로 한다.

1막

아이들의 웃음소리가 크게 들린다.

웃음소리와 함께 밝아진다

송 선생님	다들 잘 지내셨나요?
이 작가님	잘 지냈습니다.
박 원장님	별일 없습니다.
김 선생님	저희는 말입니다.

갑자기 어떤 아이가 '꽥–' 소리를 지르는 소리가 들린다.

순간 깜짝 놀라는 네 사람

박 원장님	깜짝이야!
	하늘이 무너지는 줄 알았네.
김 선생님	(소리가 난 쪽을 향해 소리를 지르며) 야! 이 새끼야!
	조용히 안 해?! 어른들 이야기하잖아!
	(머쓱해하며) 괜찮으십니까?
	죄, 죄송합니다.

박 원장님	아닙니다. 괜찮습니다.
	실행력이 아주 뛰어나시네요.
	오늘 회의도 빠른 시간 내로 좋은 결론이 나오길 기대하겠습니다.
김 선생님	과찬의 말씀이십니다.
이 작가님	혹시 저 아이한테 무슨 일이 생긴 건 아니겠죠?
송 선생님	괜찮아요. 애들은 원래 시끄러우니까요.
	별일 아닐 겁니다.
박 원장님	아직도 놀란 가슴이 진정이 안 되네−.
김 선생님	걱정하지 마십시오.
	지금부터 여기는 '노−키즈'입니다.
박 원장님	노−키즈
	엔.오. − 케이.아이.디
이 작가님	영어를 참 잘하십니다.
김 선생님	역시 의사 선생님은 달라도 뭔가 다르십니다.
송 선생님	김 선생님. 우리도 선생이에요.
	(사이)
	오늘 회의는 학교 운동회에 관한 겁니다.
박 원장님	그렇군요.
이 작가님	그렇습니까?
김 선생님	그렇습니다.
송 선생님	긴히 의논할 게 있습니다.
박 원장님	문제라도 있나요?

이 작가님	문제가 있어요?!
김 선생님	문제없을 겁니다.
송 선생님	이번 운동회 때 릴레이를 하려고 합니다.
김 선생님	운동회의 꽃은 릴레이니까요.
박 원장님	알.이.엘.에이.와이. 릴레이.
이 작가님	이어달리기군요. 이어달리기.
박 원장님	릴레이―
이 작가님	이어달리기.
박 원장님	릴레이라고 해야죠.
이 작가님	왜요?
박 원장님	다들 릴레이라고 하니까요.
이 작가님	이어달리기라고도 하잖아요.
박 원장님	아이들이 또 학교에서 영어를 배우고 있잖습니까.
	우리 어른들이 도와줘야죠.
이 작가님	우리말부터 알아야죠.
박 원장님	글로벌 시대 아닙니까.
이 작가님	우리 아이들이잖아요.
박 원장님	아이들이 영어를 배우기 시작했어요!
	(선생님들을 번갈아 쳐다보며) 일단 용어를 어떻게 할지부터 정하죠.
김 선생님	아이들 교육에 관심이 많으시군요.
송 선생님	투표 시작하겠습니다.
	릴레이라고 할지 이어달리기라고 할지.

릴레이로 하자.

손들어 주십시오.

박 원장님, 혼자 손을 든다.

송 선생님   이어달리기로 하자.

손들어 주십시오.

이 작가님, 혼자 손을 든다.

김 선생님   동점이네.

송 선생님   다시 하겠습니다.

릴레이로 하자.

손들어 주십시오.

박 원장님, 혼자 손을 든다.

송 선생님   이어달리기로 하자.

손들어 주십시오.

이 작가님, 혼자 손을 든다.

송 선생님	결론이 안 나네요.
이 작가님	선생님들은 손 안 드세요?
김 선생님	저희는 들 수 없습니다.
박 원장님	왜요?
송 선생님	중립을 지켜야 합니다. 선생님이니까요.
박 원장님	마지막으로 한 번만 더 하죠.
송 선생님	한 번 더 하겠습니다.
	릴레이로 하자.
	손들어 주십시오.

박 원장님, 혼자 손을 든다.

| 송 선생님 | 이어달리기로 하자. |
| | 손들어 주십시오. |

이 작가님, 혼자 손을 든다.

송 선생님	역시 결론이 안 나네요.
	일단 다음 주제로 넘어가겠습니다.
김 선생님	융통성 있게. 융통성 있게.
송 선생님	가장 큰 문제이자 가장 중요한 문제입니다.
	(사이)

릴레이든 이어달리기든 하려고 할 때 학생 수가 부족합니다.

김 선생님   사실 저희 학교만의 문제는 아닙니다.

박 원장님   제 병원에도 아이들이 없습니다.

이 작가님   책을 읽는 아이들도 없고요.

송 선생님   저희 2반 아이들 수가 3명.

김 선생님   저희 1반은 4명입니다.

이 작가님   총 7명이네요.

박 원장님   지난달 저희 산부인과에서 태어난 아이들 수와 비슷하군요.

송 선생님   릴레이는 한 팀당 4명이어야 합니다.

김 선생님   올림픽에서도 4명이 한 팀을 이룹니다.

박 원장님   저희 병원은 소아과도 없었습니다.

이 작가님   아이들이 없어지면 우리말도 글도 사라지겠죠?

송 선생님   그래서 문제입니다.

             4명, 4명으로 나눠야 하는데 1명이 부족합니다.

김 선생님   7은 2로 딱 나눌 수 없으니까요.

박 원장님   3이랑 4. 아니면 4랑 3.

이 작가님   그냥 3명씩만 뜁시다!

송 선생님   그러면 1명은요?

박 원장님   설마 깍두기?

김 선생님   안 됩니다! 걔는 분명 울어요!

이 작가님   그럴까요?

박 원장님   그럴 걸요.

송 선생님	그럴 겁니다.
김 선생님	그렇습니다.
박 원장님	계산을 잘 하셨어야죠.
김 선생님	선생님! 수학도 잘하시는군요.
박 원장님	학교 다닐 때, 항상 1등을 도맡았죠.
김 선생님	혹시 아이들도 가르쳐 보셨나요? 수학 과외 같은 거요.
송 선생님	김 선생님. 집중하세요. 선생님도 선생님이에요.
이 작가님	1명은 심판 보라고 하죠!
	애들은 원래 그런 거 좋아하잖아요.
	남들 평가하는 거요.
김 선생님	애들끼리 싸움 납니다.
송 선생님	시끄러운 거 원하지 않습니다.
박 원장님	교육상 안 좋아요. 임상학적으로 검증된 겁니다.
이 작가님	굳이 편을 나눌 필요가 있습니까?
	그냥 그날은 '누구 팀이 이긴다' 이런 거 하지 말고
	다 같이 노는 날로 하면 안 되나요?
박 원장님	장차 이 나라를 이끌 아이들입니다. 경쟁하는 법도,
	싸워서 이기는 법도 가르쳐야죠.
이 작가님	아직 초등학교 2학년이잖아요.
박 원장님	유치원생은 아니죠.
김 선생님	1학년도 아니고요.
송 선생님	저희가 했던 그대로 하면 됩니다.

박 원장님	기억나세요? 그 옛날. 운동회 때!
김 선생님	청팀.
송 선생님	백팀.
김 선생님	줄다리기.
송 선생님	박 터뜨리기.
이 작가님	릴레이를 꼭 해야 합니까?
박 원장님	인정하시는군요.
이 작가님	뭘요?
박 원장님	방금 릴레이라고 하셨잖아요?
	아무리 생각해도 릴레이라고 하는 게 맞겠죠? 그렇죠?
김 선생님	그 이야기는 그만하시고요.
	다시 릴레이로 돌아가겠습니다.
박 원장님	그러니까요!
	릴레이가 맞지!
송 선생님	사실 아이들이 강력하게 원합니다.
박 원장님	교육상 필요하다니까요. 입증된 겁니다.
김 선생님	그렇습니다.
송 선생님	저희가 운동회랑 릴레이를 왜 하겠습니까?!
이 작가님	그냥 하루 놀려고요!
	솔직히 그날 선생님들도 하루 그냥 쉬려고 그러는 거 아닙니까?
송 선생님	그렇게 말씀하시니 서운하네요.

	사실 저희 입장에서는 그런 거 안 하는 게 쉬운 겁니다.
김 선생님	아이들에게 '화합'을 가르치려고 하는 겁니다. '화합'.
박 원장님	하모니.
	화할 '화'에 합할 '합'.
	에이취—
김 선생님	저런. 감기 조심하십시오.
박 원장님	그게 아니고.
	에이취—에이—
김 선생님	재채기가 나오니 짜증이 나시나 봅니다.
이 작가님	제가 부업으로 학원 강사를 해서 압니다만
	요즘 학교는 그냥 보육원 아닙니까!
	무언가를 학습하기보다는 그냥 모여서 노는 게 전부잖아요.
	엄마 아빠 오기 전까지. 아니면 학원 가기 전에.
송 선생님	아이들이 없으니까요.
김 선생님	국어 가르치시나요?
이 작가님	네.
박 원장님	학원에 아이들은 좀 있습니까?
이 작가님	아니요.
	학원도 아이들이 없습니다.
김 선생님	어디를 가나 저출산 때문에 난리네요.
박 원장님	다 정치하는 놈들 때문입니다.
	이놈의 나라가 어떻게 되려는지! 집값은 계속 오르고!

이 작가님	그렇네요.
김 선생님	그렇습니다.
송 선생님	다들 집중하시죠.
	오늘 회의는 학교 운동회 때문에 모인 것입니다.
박 원장님	선생님은 결혼하셨습니까?
김 선생님	저는 한 번 갔다 왔습니다.
송 선생님	저는 안 했습니다.
이 작가님	그럼 자녀분이 있으십니까?
김 선생님	저는 귀여운 강아지 새끼가 있지요.
송 선생님	저는 없습니다.
박 원장님	다 이유가 있었군요.
이 작가님	저는 아이가 있습니다.
송 선생님	다들 집중하시죠.
김 선생님	하지만 저는 결혼은 했습니다.
	귀여운 똥강아지가 있고요.
송 선생님	저도 강아지를 키웁니다.
박 원장님	아이도 없고 결혼도 안 하시고.
이 작가님	확실히 개가 사람보다 낫군요.
김 선생님	우리 똥강아지.
송 선생님	저는 리트리버입니다.
이 작가님	사실은….
	저도 강아지를 한 마리 키울까 합니다만….

	아이가 하도 보채는 바람에.
박 원장님	동물병원을 할 걸 그랬어요.
	동물은 말대답도 안 할 텐데.
이 작가님	(송 선생님을 보며) 혹시 강아지를 얻을 수 있을까요?
김 선생님	혹시 국어 과외를 해주실 수 있으실까요?
이 작가님	(김 선생님을 보며) 몇 살인가요?
김 선생님	5살입니다.
송 선생님	저희 개는 5살입니다.
박 원장님	나이가 꽤 있군요.
	혹시 새끼를 낳을 때가 되지 않았나요?
이 작가님	5살은 너무 이르지 않나요?
김 선생님	선행학습이 중요하지 않습니까.
송 선생님	아직입니다.
박 원장님	유감이군요.
이 작가님	(다시 송 선생님에게 시선을 돌리며)
	혹시 강아지가 또 있나요?
	있다면 강아지를 주실 수 있으신가요?
김 선생님	수업이 가능하시겠어요?
박 원장님	앞으로도 새끼를 낳을 생각이 없으신가요?
김 선생님	저는 없습니다.
송 선생님	네. 없습니다.
이 작가님	(다시 김 선생님을 보며) 과외는 너무 이르지 않나요?

김 선생님	대학 가려면 시켜야죠. 학교 교육은 믿을 수가 없어서요.
박 원장님	계속 개를 키우실 건가요?
송 선생님	모르겠습니다.
이 작가님	혹시 숙제나 수행평가도 대신 해 줘야 하나요?
김 선생님	원래 다 해 주시는 거 아닙니까.
박 원장님	새끼를 낳아야 또 키우실 텐데요.
송 선생님	지금도 돈이 많이 들어서요.
이 작가님	숙제나 수행평가는 아이가 직접 하는 게 맞을 텐데요.
김 선생님	아이가 할 수 없는 것들뿐 입니다. 아시잖습니까?
	빌어먹을 학교 같으니ㅡ
송 선생님	김 선생님!
박 원장님	짝짓기도 안 하실 겁니까?
송 선생님	시간이 없어요.
	한다고 해도 뛰어다닐 때면 저는 이미 늙었고요.
이 작가님	저도 시간이 없습니다.
	정말 이제는 제 글에 집중해야 해서요.
김 선생님	우리 똥강아지한테 작가님 글을 읽히겠습니다!
박 원장님	시간은 곧 돈이라지만 둘 다 우리를 힘들게 하지요.
	참고로 저는 부업으로 애완동물 출산을 돕고 있습니다.
이 작가님	(박 원장님을 보며) 혹시 주변에 강아지 구할 데를 좀 아실까요?
	(박 원장님이 아무 대꾸를 안 하자) 아는 강아지가 하나도 없어요?!
송 선생님	돈이 문제죠.

김 선생님	아이는 가르쳐야 하니까요.
박 원장님	다 제 아이를 위해서 하는 일이죠.
송 선생님	저도 압니다. 저도 단지 먹고살려고 애들을 가르치니까요.
박 원장님	내 새끼는 언제 봐도 이뻐요.
이 작가님	우리 모두 아이들을 사랑합니다.
김 선생님	맞습니다. 내 새끼—

갑자기 어떤 아이가 '으악—' 소리를 지르는 소리가 들린다.
소리가 나는 쪽으로 고개를 돌리는 네 사람

송 선생님	아직도 집에 안 간 애가 있나 보네요.
박 원장님	세상에— 또 가슴이 덜컹 내려앉았습니다.
김 선생님	야! 이 개새끼야! 조용히 하라고!
	어른 말이 말 같지 않아?!

서서히 암전

2막

개 짖는 소리가 들린다.

개 짖는 소리와 함께 밝아진다.

송 선생님   사실 아이들 성비도 신경을 써야 합니다.

김 선생님   저희 반 네 명 중

                남자애는 하나. 여자애는 셋입니다.

송 선생님   저희는 남자 둘에 여자 하나입니다.

박 원장님   하나와 셋. 그리고 둘과 하나.

김 선생님   균형이 안 맞죠.

이 작가님   그냥 릴레이, 아니 이어달리기를 안 하면 되잖아요!

송 선생님   말씀드렸습니다.

                릴레이는 꼭 합니다.

박 원장님   교육상 중요합니다. 병리학적으로도 중요해요.

김 선생님   그렇습니다.

이 작가님   아이가 없잖아요!

송 선생님   구해야 합니다.

                남자애가 하나 필요해요.

박 원장님	남자애가 하나만 있으면 남자 넷! 여자 넷!
	그러면 두 팀으로 나누면
	남자 둘, 여자 둘로 팀을 만들 수 있겠네요!
김 선생님	남자애가 하나 전학을 오면 좋을 텐데 말입니다.
이 작가님	하늘에서 뚝 떨어지면 좋겠군요!
송 선생님	다른 학년에서 남학생을 하나 빌려올까 생각 중이기는 합니다.
김 선생님	궁여지책이기는 합니다.
박 원장님	어느 학년에서요?
이 작가님	아! 그냥 이건 어떤가요?
	남학생 대 여학생으로 겨루는 겁니다.
	지금 있는 아이들로요.
	남학생이 더 잘 뛰기는 하지만 숫자가 하나 부족하니까
	나름 괜찮은 것 같은데요!
송 선생님	요즘 그러면 큰일 납니다. 저는 반대합니다.
김 선생님	남녀를 갈라치면 안 됩니다. 저도 반대의견입니다.
박 원장님	미투!
이 작가님	그런가요?
박 원장님	그렇고말고요.
김 선생님	그렇습니다.
송 선생님	다른 학년에서 남학생을 빌려오는 건 어떻게 생각하시나요?
박 원장님	몇 학년에서 빌려온다고 했죠?
김 선생님	아직 말씀 안 드렸습니다.

이 작가님	1학년이요?
송 선생님	너무 어리지 않을까요?
김 선생님	말이 초등학생이지 사실 유치원생이나 다름없으니까요.
박 원장님	그럼 윗 학년에서요?
이 작가님	공정할까요? 그것도 남자애인데….
송 선생님	그걸 생각 못 했네요. '공정'이라는 단어. 아주 중요합니다.
	그럼 여자애로 할까요?
박 원장님	그것도 말이 나올 것 같은데요.
김 선생님	일단 애들이 뭐라고 하겠죠.
	왜 우리 팀은 여자만 셋이냐고!
이 작가님	그래도 누나면 낫지 않을까요?
박 원장님	의사의 소견으로 봤을 때 고작 한 살 많다고
	여자애가 남자애보다 힘이 세다거나 더 빠르다고 할 순 없습니다.
송 선생님	생각해보니 초등학교 3학년 여자애면
	동생들과 같이 뛰는 것 자체를 싫어할 수도 있겠네요.
김 선생님	또 이제 새침해질 나이이기도 하죠.
	계곡의 돌다리 건너듯 사뿐사뿐 뛸지도 모릅니다.
이 작가님	4학년은요?
	4학년 여자애면 그래도 2학년 남자애보다는 빠르겠죠.
김 선생님	모르는 일이죠. 참고로 제 아이는 남자아이입니다.
이 작가님	그럼 5학년은요? 6학년은요?
	그 학년 여자애면 2학년 남자애보다는 당연히 빠르겠죠!

김 선생님	사춘기라 안 될 겁니다.
박 원장님	자기들 학년 행사 때도 나무 그늘 아래 앉아만 있겠죠.
이 작가님	하긴 제가 가르치는 애들도 마음 같아선 패 버리고 싶어요.
김 선생님	요즘 애들은 맞아도 말 안 듣습니다.
박 원장님	참 나약해요— 요즘 애들—
이 작가님	그럼 어떡합니까?
송 선생님	그래서 저희가 모인 겁니다.
이 작가님	그렇습니까?
박 원장님	그렇죠.
김 선생님	그렇습니다.
송 선생님	다른 학년에서 학생을 빌려오는 건 힘들 것 같군요.
이 작가님	진짜 하늘에서 남자아이가 뚝 떨어지면 좋겠네요.
박 원장님	그러면 죽어요.
송 선생님	부모님들이 대신 뛰시는 건 어떨까요?
	친구 부모님이면 아이들도 다 이해할 텐데요.
김 선생님	아무래도 어머니들께서 뛰시는 게 좋을 것 같은데요.
박 원장님	우리 와이프는 뛰는 거 싫어합니다.
이 작가님	저희 집사람은 출근해야 하는데요.
송 선생님	운동회 때 다들 오실 거 아니세요?
김 선생님	아이들의 첫 운동회입니다!
	코로나 때문에 그동안 못 했던 운동회라고요!
박 원장님	그래도 아빠들은 못 오시는 분들이 꽤 계실 텐데요.

이 작가님	저야 집에서 글 쓰는 사람이니까 시간 여유가 되지만….
송 선생님	아버님들께서 직장 때문에 못 오시면
	어머님들은요?
박 원장님	요즘은 다 맞벌이하지 않습니까!
김 선생님	그렇긴 하죠. 저희 집도 그러니까요.
송 선생님	그럼 운동회날 아무도 안 오시는 건가요?
박 원장님	저희 와이프는 아마 갈 겁니다.
이 작가님	저희 집은 저만 갑니다.
박 원장님	본업이 가정주부십니까?
이 작가님	네! 글 쓰는 가정주부입니다. 가끔 학원도 나가고요.
박 원장님	그렇군요.
이 작가님	왜요?
	집안일이라고는 하나도 안 하시나 보군요.
박 원장님	시대가 참—
	요상하게 바뀌어 가는 것 같아요—
김 선생님	저출산이 심각합니다. 정말 그렇습니다.
송 선생님	그러면 원장님 사모님께서 뛰어주시면 안 될까요?
박 원장님	저희 와이프는 살면서 뛰어본 적이 없습니다.
이 작가님	저희 바깥양반은 매일 아침 뛰어다니죠.
김 선생님	운동하시나요?
이 작가님	출근하려고요.
	대체 마을버스는 왜 자꾸 없어지는 걸까요?

송 선생님	아이들이 없으니까요.
김 선생님	엄마들도 없고요.
박 원장님	환자들도 없죠.
	이게 다 정치하는 놈들 때문입니다.
	대체 나라가 어떻게 되려고 하는지. 집에 엄마들이 없고.
이 작가님	다른 엄마들한테도 물어보죠.
김 선생님	연락이 될까요?
송 선생님	연락이 돼도 답을 미리 주실지도 모르고요.
	오늘도 아버님 두 분만 참석하셨잖아요.
이 작가님	그러고 보니 엄마들은 한 분도 안 오셨네요.
송 선생님	원장님 사모님께서는 안 되신다는 거죠?
박 원장님	그렇습니다. 그래도 운동회는 갑니다. 가라고 할 겁니다.
김 선생님	그렇군요.
이 작가님	그렇다는군요.
송 선생님	그럼 일단 나머지 어머님들께는 제가 따로
	연락을 드려 보도록 하겠습니다.
박 원장님	그럼 끝난 건가요?
이 작가님	만약 다들 안 된다고 하시면 어떡합니까?
송 선생님	그래서 대안도 이야기를 나눠야 합니다.
김 선생님	당일 날 정할 수는 없으니까요.
이 작가님	왜요? 운동회날 상황 봐서 결정하면 되잖아요!
김 선생님	요즘은 그렇게 했다가는 큰일 납니다.

아무리 사소한 것도 미리 다 정하고

학부모들의 동의를 구해야 해요.

박 원장님   계획과 대안 그리고 동의.

교육상 꼭 필요하죠.

송 선생님   행정적으로도 어쩔 수 없고요.

저희도 저희 일자리가 걸려있으니까요.

김 선생님   보셨죠? 저희 학교가 이렇게 투명하답니다.

이 작가님   릴레이 안 하면 안 됩니까?

송 선생님   안 됩니다.

박 원장님   그건 아니죠.

김 선생님   그렇습니다.

송 선생님   학부모님 중에서도 하실 수 있는 분이 안 계시면

저희 교직원들 중에서 한 사람이 할 수밖에 없습니다.

박 원장님   그렇군! 그 방법이 있었군요!

이 작가님   그래요. 그냥 교직원분들 중에 한 분이 하세요.

송 선생님   문제는 저랑 옆에 계시는 김 선생님께서는 뛸 수 없습니다.

김 선생님   애초에 선생님들끼리 주자가 되어서 겨루는 거면

상관이 없지만 학생을 대신하는 거니까

한 분은 뛰는데 다른 분은 안 뛰면 그것도 말이 나오거든요.

이 작가님   아니. 왜요?

어차피 반 대항도 아니잖아요.

송 선생님   반 대항은 아니지만 그래도 서로 다른 반이니까요.

김 선생님	나중에 경기 결과에 대해서 이러쿵저러쿵 할 수 있습니다.
이 작가님	그러니까 릴레이 하지 말자고요!
	어차피 한 팀은 이기고 한 팀은 질 텐데.
	진 팀은 나중에 서로 '누구 때문에 졌다' 이럴 거 아닙니까.
	반도 다 다른 애들끼리.
송 선생님	그건 안 됩니다.
김 선생님	단합과 화합을 가르치기 위한 운동회입니다.
박 원장님	교육상 꼭 필요하다니까요! 집중하세요!
이 작가님	하지만 애들끼리 싸우면요?
송 선생님	화해하는 법을 배우면 됩니다.
	애들끼리 싸워도 애들끼리 풀면 됩니다.
김 선생님	거기에 어른이 끼면 곤란해집니다.
박 원장님	선생님들 고충도 이만저만이 아니겠군요.
김 선생님	감사합니다! 원장님!
이 작가님	그러면 교직원도 할 수 없는 거잖아요!
송 선생님	그렇지는 않습니다.
김 선생님	릴레이는 해야 하니까요.
송 선생님	저와 옆에 계시는 김 선생님은 각각 담임이니까 안 되는 것이고.
	아이들 수업에 안 들어오시는 다른 선생님께서 해 주시면 됩니다.
김 선생님	일의 연장이니까 안 한다고 할 수도 없고
	선생님이시니까 요령껏 알아서 잘 하실 겁니다.
박 원장님	그러면 누가 하시나요?

이 작가님	교장 선생님?
송 선생님	경기에 참여하실 수 없습니다. 중립을 지키셔야 해요.
김 선생님	역시 나중에 말이 나옵니다.
박 원장님	교감 선생님은요?
송 선생님	연세가 너무 많으세요.
김 선생님	다른 선생님들도 다 안 됩니다.
	각자 반을 맡고 계시니까요.
이 작가님	두 분도 안 되신다고 했고.
박 원장님	선생님들이 다 안 되시면 이것도 방법이 될 수 없잖습니까.
송 선생님	교직원에는 선생님 말고 학교를 위해 일하시는
	다른 분들도 포함되어 있습니다.
김 선생님	저희 선생님들 못지않게 모두 다 아이들과 친하시죠.
이 작가님	수위 아저씨?
송 선생님	학교를 지키셔야 합니다.
이 작가님	행정실장님?
김 선생님	교무실을 지키셔야 합니다.
	전화는 언제든지 걸려오니까요.
박 원장님	방과 후 수업 강사들?
송 선생님	그날은 출근 안 합니다.
박 원장님	그럼 대체 누가 한다는 겁니까?
김 선생님	한 분 계십니다.
이 작가님	그게 누구신데요?

송 선생님	아이들 반과 화장실을 깨끗하게 청소해 주시는 분이 계십니다.
김 선생님	어차피 청소는 운동회 다 끝나고 해야 하니까
	딱히 할 일이 없으시거든요.
이 작가님	요즘은 애들이 화장실 청소 안 해요?
송 선생님	예전에도 초등학교 저학년 애들은 화장실 청소 안 했습니다.
이 작가님	나는 한 것 같은데!
박 원장님	요즘 애들이 이기적이고 나약한 게 다 이유가 있어요.
	이유가―
김 선생님	아닐 겁니다.
	솔직히 그때 기억도 안 나시잖아요.
이 작가님	그래도 그것도 교육상 필요한 거 아닌가요?
송 선생님	그렇지 않습니다.
박 원장님	그렇지 않아요.
김 선생님	그렇습니다.
박 원장님	그분. 우리나라 사람 아니죠?
	중국 사람 아닙니까?
송 선생님	아닙니다.
김 선생님	사실 베트남 분이십니다.
이 작가님	저도 아이한테 이야기 들은 적 있습니다.
	항상 웃어 주시고 아이들에게 잘해 주신다고요.
박 원장님	한국말은 잘 합니까?
송 선생님	네. 아이들에게 인기가 많으십니다.

김 선생님	엄마같이 푸근하시답니다.
	얼마나 다행입니까! 거기다 여자니까 저희가 찾는 조건에 딱 들어맞
	지요! 어른이지만 여자니까요!
이 작가님	혹시 자제분이 우리 학교에 다니나요?
송 선생님	아닙니다.
박 원장님	우리 학교는 그런 애들 없어요.
김 선생님	그런 애들이라뇨?
박 원장님	청소를 하시는 분이신데 괜찮을지 모르겠습니다.
	안 그래도 운동회날은 아이들이 흙먼지로 지저분할 텐데요.
이 작가님	청소하는 사람 무시하는 겁니까?
	아니면 외국인을 차별하는 건가요?
박 원장님	차별이라뇨! 무슨 말을 그렇게 하십니까!
이 작가님	충분히 그렇게 말씀하셨는데요!
박 원장님	이봐요! 사람을 어떻게 보고!
	나 명문대 나온 사람이에요! 명문대!
송 선생님	그만! 집중하세요!
	싸우려고 여기 모인 게 아닙니다.
	그리고 여기는 학교예요.
	학교에서는 학교에 맞는 우아하고 정석적인 대화를 해야죠.
이 작가님	죄송합니다.
박 원장님	미안하게 됐어요.
김 선생님	(박 원장님을 보며) 그런데 어느 대학을 나오셨습니까?

	(박 원장님이 다가와 귓속말을 하자) 어머나! 이럴 수가!
	정말입니까?
	선생님. 혹시 저희 애를 가르쳐주실 생각 없으신가요?
	국어 과외를 해주실 수 있으신가요?
박 원장님	애들은 질색이라서요.
이 작가님	아무나 못 하죠. 애들 가르치는 거.
송 선생님	맞는 말입니다.
	(사이)
	아무튼 그래서 원장님께서는 반대하신다는 말씀이신가요?
박 원장님	그렇네요.
이 작가님	그렇군.
김 선생님	그렇습니다.
박 원장님	어떻게 생각하시는지 압니다만
	요즘 다들 민감하지 않습니까.
	아이들의 건강 말이에요!
송 선생님	최근까지 코로나였죠.
김 선생님	저희 학교는 항상 최선을 다했습니다!
박 원장님	잘 알고 있습니다.
	항상 아이들을 위해 최선을 다하시죠.
이 작가님	저도 같은 생각입니다.
송 선생님	그럼 청소부가 대신 뛰는 것도 싫으신 거죠?
박 원장님	다른 부모들도 반대할 겁니다.

이 작가님	그럴까요?
박 원장님	그럴 겁니다.
송 선생님	그렇다는군요.
김 선생님	그렇습니다.

갑자기 어떤 아이가 엄마를 찾으며 우는 소리가 들린다.

소리가 나는 쪽으로 고개를 돌리는 네 사람

서서히 암전

3막

누군가 크게 하품을 하는 소리가 들린다.

하품 소리와 함께 밝아진다.

박 원장님	아무래도 플랜 C가 필요하겠네요.
이 작가님	그냥 하지 맙시다! 이어달리기!
박 원장님	릴레이.

이 작가님	그래요! 릴레이! 릴레이! 릴레이!!
송 선생님	다시 말씀드리지만. 저희 2학년은 이번 운동회 때 릴레이 반드시 합니다!
김 선생님	화합!
박 원장님	하모니!
송 선생님	다시 처음으로 돌아가 생각해보죠.
	아이들 운동회니까 아무래도 아이들이 주인공이 되어야죠.
이 작가님	처음으로 돌아간다? 좋습니다!
	저도 글을 쓰다가 막히면 다시 처음으로 돌아가곤 하지요.
	이건 어떻습니까?
	다른 학년에서 학생을 데리고 오는 거요?
박 원장님	어떻게요?
김 선생님	아까 했던 말 같은데요.
송 선생님	어떻게 하신다는 말씀이신가요?
이 작가님	다른 학년에서 한 명이 아니라 두 명을 빌려오죠.
	그리고 그 두 명의 발을 묶는 겁니다. 2인 3각 처럼요.
	그러면 불편해서 어떤 경우든 동생들보다 잘 못 뛸 테니
	남학생이든 여학생이든 몇 학년이든 간에 상관없을 겁니다.
박 원장님	생각은 하고 말을 하는 겁니까!
	한 명 데려오는 것도 머리 아픈데 두 명이라뇨!
송 선생님	안 될 것 같습니다.
이 작가님	그러면 이건 또 어떨까요?

두 명이 아니라 한 명만 빌려오는 겁니다. 대신에 뒤돌아서
뒤로 뛰게 하는 겁니다. 그러면 역시 제대로 못 뛸 테니
남학생이든 여학생이든 몇 학년이든 괜찮을 겁니다.

김 선생님   운동회 날 애들이 다 보는데 자기 혼자 뒤로 뛰게 하면
애들이 놀릴 거고 그러면 분명 또 울 겁니다.

송 선생님   그리고 공정하지 않은 것 같습니다.

박 원장님   요즘 아이들이 민감해요. '공정'이라는 단어.
아무 때나 막 쓰죠.

이 작가님   그러면 다른 학년에서 온 친구는 1번 주자를 시키고
출발선을 훨씬 뒤로 두어 동생들보다 뒤에서 뛰게 하는 겁니다.

김 선생님   그래도 빠른 애는 따라잡을 겁니다.

송 선생님   역시 공정하지 않은 것 같습니다.

박 원장님   확실히 작가님이라 그런지 상상력이 풍부하시군요.

이 작가님   그렇다면 아예 다른 학교에서 같은 학년 아이를 빌려오는 건요?

박 원장님   다른 학교는 안 돼요!

이 작가님   왜요?

박 원장님   아시잖아요! 수준이 안 맞아요! 수준이.

김 선생님   저희 학교는 명문 학교입니다.

송 선생님   부모님들이 반대하실 것 같기는 하네요.

이 작가님   다른 학교 애들이 많이 떨어지나요?

송 선생님   그렇기는 합니다.

박 원장님   그렇다니까요.

김 선생님	그렇습니다.
박 원장님	지금 몇 시인가요?
김 선생님	시간이 많이 늦으셨죠?
이 작가님	나도 계속 이러고 있을 순 없는데.
박 원장님	저녁 하셔야 하나요?
이 작가님	아뇨. 청소요.
김 선생님	청소가 참 중요하죠.
송 선생님	저도 제 아이 때문에 매일 청소합니다.
박 원장님	우리 병원도 청결을 아주 중요하게 생각하죠.
송 선생님	그럼 정리를 한 번 해 볼까요?
	이번 운동회날 2학년은 릴레이 경주를 합니다.
김 선생님	아이들이 아주 좋아할 겁니다! 기대하고 있어요!
박 원장님	다 합쳐서 두 팀으로 나눈다고 하셨죠.
이 작가님	한 팀은 네 명. 다른 한 팀은 세 명.
송 선생님	모든 팀은 남자 둘. 여자 둘. 이렇게 넷이어야 합니다.
김 선생님	한 팀이 남자 하나. 여자 둘이 됩니다.
박 원장님	사람 하나가 필요하죠.
이 작가님	남자아이로요.
송 선생님	다른 학년에서는 힘들고.
김 선생님	어른이면 여성 분이 해야 합니다.
박 원장님	엄마들도 다 안 된다고 할 것 같고.
김 선생님	대비를 해야 합니다.

박 원장님	플랜 B.
이 작가님	그냥 청소하시는 분께 해 달라고 합시다!
송 선생님	학부모님의 동의를 우선 구해야 합니다.
김 선생님	만약 안 된다고 하시면.
박 원장님	중국 사람에 대해 호의적이지 않은 분도 계시니까요.
이 작가님	베트남 사람이라고요!
송 선생님	해야 할 일이 두 개나 생겼네요.
김 선생님	둘 다 해봤자 소용없을 것 같지만요.
박 원장님	플랜 C를 빨리 구해야겠네요.
이 작가님	그냥 하지 맙시다!
송 선생님	운동회는 합니다.
김 선생님	해야 합니다.
박 원장님	교육상 중요합니다. 아주 중요하죠.
이 작가님	릴레이요! 릴레이를 하지 말자고요!
송 선생님	할 일이 또 하나 생기는 거 원치 않습니다
김 선생님	릴레이는 운동회의 꽃입니다!
박 원장님	화합. 화할 '화'자에 합할 '합'. 하모니.
이 작가님	고작 아이 하나 때문에 이렇게 귀찮다니!
	겨우 애 하나 때문에!
김 선생님	어디를 가나 저출산 때문에 난리지요.
박 원장님	다 정치하는 놈들 때문입니다.
	이놈의 나라가 어떻게 되려는지! 집값 떨어지게 생겼어요!

김 선생님	국어 과외는 해 주시는 거죠?
이 작가님	아이 숙제와 수행평가까지 대신해 줘야 하죠?
박 원장님	아이 낳으실 거면 연락 주십시오.
송 선생님	생각 없습니다.
박 원장님	부탁입니다. 낳으셔야 해요.
	그래야 제가 돈을 벌죠.
이 작가님	제 책도 팔리고요.
김 선생님	우리 집 똥강아지가 있다니까요.
박 원장님	결혼도 하실 생각이 없으신가요?
송 선생님	없습니다.
박 원장님	왜요?
송 선생님	마음에 드는 남자가 없네요.
김 선생님	저는 어떠세요?
송 선생님	선생님은 마마보이잖아요.
이 작가님	참 아이러니죠.
	마마보이가 싫어서 결혼을 안 하는데
	정작 자기 아이는 마마보이로 키우는 엄마들을 보면 말이죠.
박 원장님	그건 또 무슨 말입니까?
이 작가님	그런 엄마들을 매일 봅니다.
	학원에 있으면 말이죠.
박 원장님	작가님은 참 상상력이 풍부해요.
이 작가님	아니죠. 오히려 너무 현실적인 거죠.

박 원장님	작가님이 만드는 허구의 세상에서나 현실적인 거겠죠.
이 작가님	저는 제 학원 이야기를 하는 겁니다.
김 선생님	저희는 지금 학교 이야기를 하고 있습니다.
박 원장님	학원 따위가 학교와 같나!
이 작가님	아이들을 이야기하는 건 같지 않나요?
	그냥 생각이 나서 하는 말입니다.
	자기 아이가 운동회를 하는데 자기 몸 하나 사리겠다고
	코빼기도 안 비춘다는 엄마들이 있다고 하니까요!
박 원장님	뭐가 어째요!
	지금 나 들으라고 하는 말입니까!
이 작가님	아니요.
	더 정확히는 다른 사람 들으라고 하는 말이죠.
송 선생님	그만 하세요. 이제 다시 집중하시죠.
	이런 이유 때문이에요.
	제가 아이를 낳을 생각이 없는 거 말이죠.
김 선생님	사람들이 아이를 안 낳는데는 다 이유가 있습니다.
송 선생님	미리 생각해야 할 것뿐만 아니라
	미리 걱정해야 할 것까지 너무 많네요.
김 선생님	그래서 다들 우리 애 과외 해 주실 생각은 없으신 건가요?
박 원장님	생각해 보죠.
이 작가님	봐서요.
김 선생님	*(박 원장님과 이 작가님을 번갈아 보며)*

그럼 연락드리겠습니다.

이 작가님   (역시 송 선생님과 김 선생님을 번갈아 보며)

나도 강아지 좀 부탁합니다. 누구라도 좀 하나 주십시오.

박 원장님   짝짓기도 생각 있으시면 말씀하시고요.

송 선생님   생각해 볼게요.

이 작가님   그런데 우리가 무슨 이야기를 하고 있었죠?

박 원장님   작가라는 사람이 맥락을 놓치다니! 웃기는구만!

송 선생님   제발. 집중하세요.

김 선생님   지금까지 우리 아이들을 위한 이야기를 하고 있었습니다.

이 작가님   현재까지 다 좋게 되고 있는 겁니까?

박 원장님   당연하죠. 어른들이 넷이나 모여서 머리를 맞대는데.

송 선생님   아이들을 위해 최선을 다하고 있습니다.

김 선생님   맞습니다! 다 아이들을 위한 겁니다.

이 작가님   저희가 지금 잘하고 있는 거죠?

박 원장님   세상에 어느 부모가 자기 애한테 해가 되는 말과 행동을 하나요?!

송 선생님   그렇죠.

김 선생님   그렇습니다.

이 작가님   그래서 결론은 뭐죠?

김 선생님   결론이요?

박 원장님   결론이라….

송 선생님   오늘은 결론은 못 낼 것 같습니다.

김 선생님   그러면 이제 끝을 낼까요?

박 원장님	아니죠.
	우리가 하나 잊은 게 있어요?
김 선생님	잊은 거요?
송 선생님	그게 뭐죠?
이 작가님	뭔데요?
박 원장님	릴레이라고 할지 이어달리기라고 할지.
김 선생님	맞다! 맨 처음에 그게 있었죠.
박 원장님	어쩌면 그것부터 안 정한 게 문제였을 수 있습니다.
	뭐든지 첫 단추부터 잘 채워야 하니까요.
송 선생님	좋습니다.
	그럼 마지막으로 시작하겠습니다.
	릴레이라고 할지 이어달리기라고 할지.
	릴레이로 하자.
	손들어 주십시오.

박 원장님, 혼자 손을 든다.

송 선생님	이어달리기로 하자.
	손들어 주십시오.

이 작가님, 혼자 손을 든다.

김 선생님	동점이네.
박 원장님	(이 작가님을 보며) 대체 왜 그러는 겁니까?!
이 작가님	뭐가요?! 왜 화를 내는데요?
박 원장님	릴레이로 하기로 했잖아요!
이 작가님	내가 언제요?!
박 원장님	아까 그랬어요! 분명 릴레이라고 했다고!
이 작가님	그러니까 내가 언제?!
박 원장님	정말 고집 부를 거요?!
이 작가님	뭐가 어째요?!
송 선생님	(아이들에게 하듯이 박수 세 번을 친 후)
	합죽이가 됩시다! 합!
	(사이)
	주목! 이제 그만!
	오늘 회의는 여기서 마칠게요.
김 선생님	다, 다행히 아직 시간이 있습니다.
박 원장님	저는 시간이 없네요. 빨리 병원으로 가 봐야 합니다.
이 작가님	저도 나름 바쁩니다.
송 선생님	다음에 또 말씀을 듣도록 하죠.
김 선생님	뭐든지 머리를 맞대야 하니까요.
박 원장님	어른들의 이런 회의가 중요합니다.
	아이들도 보고 배우니까요.
이 작가님	다음에는 결론이 나오겠죠?

송 선생님	일단 오늘 이야기 나눈 것을 정리해 다시 공지하겠습니다.
김 선생님	다음번 회의 때 뵙겠습니다.
박 원장님	다음에는 저 대신 와이프가 참석할 것 같군요.
이 작가님	그 사이에 남자애 하나가 제발 전학을 오길!
송 선생님	그러면 이만 회의를 마치겠습니다.
	(사이)
	저녁 식사 하셔야죠.
박 원장님	저녁?
이 작가님	배가 고프기는 하네요.
김 선생님	술도 한 잔 해야죠!
박 원장님	저녁을 먹기는 먹어야 하는데….
이 작가님	저는 바빠서요.
송 선생님	간단하게라도 같이 드시죠.
김 선생님	두 분 화해도 하실 겸
	딱 한 잔만 하시죠.
이 작가님	그럴까요?
박 원장님	그럽시다.
송 선생님	메뉴는 뭘로 하실래요?
김 선생님	소고기? 돼지고기?
이 작가님	저는 채식주의자입니다.
박 원장님	저는 붉은 고기는 안 먹습니다.
송 선생님	술은요?

	소주? 맥주?
김 선생님	그럼 갈 데가 없는데….
이 작가님	간단하게 먹고 헤어지죠.
박 원장님	그래요. 저 바쁩니다.
이 작가님	떡볶이 어떠세요?
김 선생님	떡볶이요?
송 선생님	그게 밥이 될까요?
박 원장님	애들 가는 곳에 어떻게 갑니까?
송 선생님	식사는 다음에 하시죠.
	오늘은 이만 헤어지고요.
김 선생님	그러면 다음에 뵐 때는 메뉴를 뭘로 할까요?
	돼지고기? 소고기?
이 작가님	저는 채식주의자입니다.
박 원장님	저는 붉은 고기는 안 먹습니다.
송 선생님	술은요?
	소주? 맥주?
김 선생님	그럼 진짜 갈 데가 없는데….
송 선생님	다음에 정하시죠.
박 원장님	다음에 정합시다.
이 작가님	다음에 하시죠.
김 선생님	다음에 다시 뵙도록 하겠습니다.
박 원장님	저는 다음에 못 옵니다.

이 작가님	저는….
	저는 가능할지도 모르겠네요.
	그렇다면 저는 또 다음에 와서 들어야겠군요.
송 선생님	알겠습니다.
김 선생님	수고하셨습니다.
박 원장님	수고 많으셨어요.
이 작가님	다음에 뵙겠습니다.

(송 선생님과 김 선생님 그리고 박 원장님이 자리에서 일어난다.)

똑같은 이야기를 또.

(사이)

이상하군. 이상해. 정말 이상하단 말이야.

(송 선생님과 김 선생님 그리고 박 원장님이 한 명씩 퇴장한다.)

연극이 따로 없군. 이걸 희곡으로 쓰면 다들 뭐라고 할지….

마지막으로 자리에서 일어나는 이 작가님
퇴장한다.

갑자기 어떤 아이가 선생님을 찾는다.
아무도 소리가 나는 쪽을 쳐다보지 않는다.
잠시 후, 비명과 함께 깔깔대는 소리가 들린다.
암전

END